U0458775

可以让你快乐的诗

〔印〕泰戈尔 等 著

朱梦洁 译

诺贝尔文学奖作家诗选

SELECTED POEMS OF
NOBEL LAUREATES
IN LITERATURE

河南文艺出版社

·郑州·

图书在版编目（CIP）数据

可以让你快乐的诗／（印）泰戈尔等著；朱梦洁译.

郑州：河南文艺出版社，2025.6. -- （诺贝尔文学奖作家诗

选）. -- ISBN 978-7-5559-1790-8

Ⅰ.112

中国国家版本馆 CIP 数据核字第 2025AG8321 号

选题策划　　梁素娟
责任编辑　　梁素娟
责任校对　　殷现堂
装帧设计　　张　萌
责任印制　　陈少强

出版发行　　河南文艺出版社

社　　址　　郑州市郑东新区祥盛街 27 号 C 座 5 楼

承印单位　　河南印之星印务有限公司

经销单位　　新华书店

开　　本　　787 毫米 × 1092 毫米　1/32

印　　张　　9.75

字　　数　　173 000

版　　次　　2025 年 6 月第 1 版

印　　次　　2025 年 6 月第 1 次印刷

定　　价　　56.00 元

印厂地址　　河南省新乡市平原示范区中原国印文创产业园 A6 号 101

邮政编码　　453500　　电话　0371-55658707

阳光洒满山谷

一切都在跳舞

All the
valley's dancing
where the
sunlight flashes

我把浆果扔进小溪，
钓到一条银色的鳟鱼。

I dropped the berry in a stream，
And caught a little silver trout.

Winner of the
Nobel Prize
in Literature

不要垂头丧气，时间总会到来。

Don't be downcast，the time will soon come.

CONTENTS
目　　录

Rabindranath Tagore
罗宾德拉纳特·泰戈尔

Maurice Maeterlinck
莫里斯·梅特林克

Erik Axel Karlfeldt
埃里克·阿克塞尔·卡尔费尔特

Joseph Rudyard Kipling
约瑟夫·罗德亚德·吉卜林

William Butler Yeats
威廉·巴特勒·叶芝

3

Hermann Hesse
赫尔曼·黑塞

Thomas Stearns Eliot
托马斯·斯特恩斯·艾略特

Gabriela Mistral
加夫列拉·米斯特拉尔

Salvatore Quasimodo
萨瓦多尔·夸齐莫多

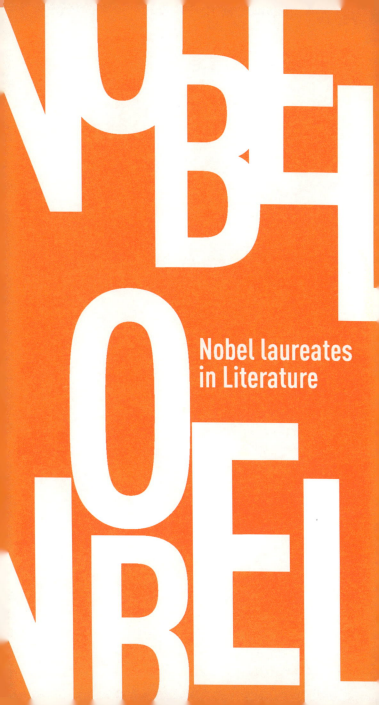

Nobel laureates
in Literature

1861

Rabindranath Tagore

罗宾德拉纳特·泰戈尔

我的心也随之高兴了起来，
就连飘过的微风，
都散发着甜甜的味道。

My heart is glad within,
and the breath of the
passing breeze is sweet.

—1941

Rabindranath Tagore

1861—1941

泰戈尔，印度诗人，著有《吉檀迦利》《新月集》《飞鸟集》等。1913年获诺贝尔文学奖，颁奖词为"由于他那至为敏锐、清新与优美的诗；这诗出之于高超的技巧，并由于他自己用英文表达出来，使他那充满诗意的思想业已成为西方文学的一部分"。

"吉檀迦利"在孟加拉语中是"献歌"之意，整部作品集中体现了泰戈尔的精神追求。作者凭借优美的韵律和细腻的文字，表达了对人神结合境界的向往，歌颂了神给世界带来的光明与美好，以及传达了直面死亡的乐观态度。

现从中选取22首，让我们快乐地感受他的光芒与歌唱。

吉檀迦利

.

1.

　　我已成为永恒，这样做令你感到快乐。这易碎的容器，你把它一次次倒空，又一次次注入鲜活的生命。

　　你带着小小的长笛翻山越岭，永远用它吹奏着新的旋律。

　　你双手不朽的触摸，使我的心欢乐地失去了边界，而这种感受竟无法言表。

　　在我那小小的手里，你带来了数不清的礼物。时间过去了，你仍在浇注，而那里依旧有空间让你填满。

2.

　　我不知道你怎样歌唱，我的主人！我一直在惊奇中静听。

　　你音乐的光芒照亮了世界。你那音乐的气息飘荡在九霄云外。你那音乐的圣流冲破了磐石般的困难，奔腾不息。

　　我的心渴望与你共奏，但徒劳地发不出一丝声音。我想讲话，但是言语不能变成歌曲，我喊不出声。啊，我的心已成为你的俘虏，它沉浸在你音乐的无尽之网里，我的主人！

.
3.

我旅行的时间很长，路途也很遥远。

我坐在双轮马车上，迎接第一缕曙光，穿过荒原追寻我的旅程，在许多星球上留下我的足迹。

离你最近的地方其实是最遥远的旅程，最简单的曲调其实需要最刻苦的训练。

旅行者需要叩响每个陌生人的门才能来到自己的门前，一个人在闯荡世界后，才能抵达最深的圣殿。

我环顾四周，合上双眸说："你竟在这里！"

是一个问题也是一次呐喊，"哦，哪里？"它化作泪水聚集的千百条溪流，化作"我在这里！"的洪水淹没了世界。

4.

　　如果你沉默不语，我会学着忍受，并用安静填满心房。我会一动不动地等待，像夜晚闪耀的星星，脑袋低垂，却有耐心。

　　清晨定会到来，黑暗终将消逝，你的声音灌注在金色的河流里，冲破天际。

　　那时，你的言语将在我的每个鸟巢里振翅高歌，你的曲调将在我的森林花丛中尽情绽放。

5.

　　如果白天已然逝去，鸟儿不再啼鸣，风也吹得疲倦，那么请拉起我身上黑暗的厚重的帘布，就像黄昏时刻，你用衾被把大地包裹，然后温柔地合拢睡莲低垂的花瓣。

　　旅程尚未结束，粮食已经用尽，他衣衫褴褛，蓬头垢面，筋疲力尽，请你除去他的羞涩和贫穷，让他的生命像花朵一样，在你仁慈的夜幕下，重新绽放。

6.

在这疲倦之夜，请让我轻松入睡，把我的信任寄托于你。

请不要让疲惫的我强打精神，会导致对你的敬拜，敷衍了事。

是你，为白日疲倦的双眼拉起夜幕，使它在苏醒的喜悦中再次焕发新的活力。

7.

这是我对你的祈求，我的主——铲除，铲除我内心赤贫的根源。

给我力量，让我略微有承受喜悦和悲伤的能力。

给我力量，让我的爱在服务中结出果实。

给我力量，让我永不嫌弃穷人，也不向傲慢的权力卑躬屈膝。

给我力量，让我的心超越于日常的琐事之上。

给我力量，让我的力量臣服于你充满爱的旨意。

8.

　　我耗尽最后一丝力气，以为旅程将尽——前方无路，粮袋已空，在静谧的朦胧中，躲避的时间到来。

　　但我发现你的意志洞晓我没有结束。当古老的话语说尽，新的曲调从内心迸发；在踪迹消失之处，新的田野奇迹般地诞生。

9.

当心变得坚硬，干涸，请带来仁慈的雨水。

当恩典从生活中消逝，请带来一阵歌声。

当吵闹的工作不断，让我与外界隔绝，请把和平与歇息带来这里，我静默的主。

当我乞求的心蜷缩一团，把它封闭在一个角落，我的国王，请带着国王般的仪式破门而入。

当渴望用错觉和灰尘使内心蒙尘，哦，只有你是神圣的，你是清醒的，请带来你的光明和天雷。

10.

　　这是我的快乐，我等待着，望向路边，影子追逐着光，夏天到了，雨水降落了。

　　来自未知天空的信使，朝我打招呼，沿着马路前行。我的心也随之高兴了起来，就连飘过的微风，都散发着甜甜的味道。

　　从清晨到黄昏，我坐在门前，我知道快乐会骤然降临，而我也会看到快乐。

　　那时，我便面露微笑，独自一人放声高歌。那时，空气中弥漫着诺言的味道。

11.

你没有听到他轻盈的脚步声吗？他来了，来了，一直不停地走来。

每个时刻，每个年代，不论白天，还是黑夜，他来了，来了，一直不停地走来。

我曾在不同的心境下唱过很多歌，但那些音符都宣告："他来了，来了，一直不停地走来。"

四月，天朗气清，穿过森林的小径，他来了，来了，一直不停地走来。

七月，夜晚昏暗潮湿，驾着雷鸣般的乌云战车，他来了，来了，一直不停地来了。

在一次次的悲伤中，他的足音抚慰着我的心，他双脚黄金般的触碰，使我的快乐散发光芒。

12.

　　我不知道，你是从哪个遥远的年代，一直来到我跟前。太阳和星星无法永远把你隐藏。

　　在多少个清晨和傍晚，我曾听到你的足音，你的信使步入我内心深处，并轻声呼唤我。

　　我不知道为什么，今天，我的生活兴奋异常，一种狂欢的感觉穿透内心。

　　就好像，下班时间到，我感受到空气中弥漫着你现身的馨香。

13.

你走下宝座，驻足在我的小屋门前。

角落里，我独自吟唱，你听到了我的歌声。你走下宝座，驻足在我的小屋门前。

你的殿堂里有许多大师，每时每刻都在吟唱。但我这初学者的简单颂歌却打动了你。一首平淡无奇的小调，与世界伟大的音乐交织在一块，你手拿一朵花，以此奖励，你走下宝座，驻足在我的小屋门前。

14.

倦意笼罩在你的心头，困意尚未从双眼退去。

难道你没有听说，荆棘丛中的花朵可以绚烂盛开？醒一醒，哦，醒一醒！不要虚度光阴！

在石径的尽头，在原始孤寂的田野，我的朋友依然孤零零地坐着。不要欺骗他。醒一醒，哦，醒一醒！

即使正午的骄阳使天空喘息颤抖——即使灼热的沙粒蔓延它饥渴的衣钵——

难道你的内心深处没有一丝喜悦？你每一次的足音，不会让路边的琴弦弹奏出痛楚的柔音？

15.

只因，你的喜悦充盈我心。只因，你曾这样屈尊于我。哦，你是万天之主，如果我不在，你的爱会去哪里？

你已使我成为你所有财富的伙伴。你的欢乐不停地在我心里畅游。在我的生命中，你的意志在不断地得以塑造。

为此，你是王者之王，把自己华丽地装饰，令我为之着迷。为此，你把爱洒在你所爱的爱里，然后我们完美地合二为一。

16.

光，我的光，普照世界的光，亲吻双眸的光，甜沁心房的光！

啊，亲爱的，光在我生命的中心跳舞；亲爱的，光拨动了我爱的和弦；天空舒展，风恣意奔跑，笑声穿破大地。

蝴蝶在光海上展翅扬帆，百合与茉莉在明亮的浪尖上翻涌。

亲爱的，光在每片云彩上挥洒成金，散落成宝石无数。

亲爱的，笑声在叶片间传递着，还有巨大的欢乐。天堂的河水淹没了堤岸，欢乐的洪流四处奔腾。

17.

　　让所有欢乐的琴弦交织在我最后的歌声中——那欢乐，使大地草海欢呼雷动；那欢乐，使这对生死孪生兄弟在更广漠的大地上起舞；那欢乐，在暴风雨中横扫、大笑，摇醒所有的生命；那欢乐，在痛苦的红色莲花上静坐着流泪；那欢乐，不明所以，把一切掷于尘埃之中。

18.

　　是的，我知道，这只是你的爱，哦，我的爱人——这在叶片上跳舞的金灿灿的光线，这些在天空中穿行的懒洋洋的云朵，还有这经过的微风，为我的额头送来凉爽。

　　清晨的光线涌入我的双眼——这是你向我释放的信号。你俯首，望着我的眼睛，我的心触到了你的双脚。

19.

从婴儿眼中闪过的困意——有人知道它从何处来吗？的确，有个传言，它住在童话小镇上，那里，森林茂密，萤火虫发出微弱的灯光，两颗羞涩且迷人的花蕾低垂着头。它从那里来，亲吻着婴儿的眼睛。

从睡梦中婴儿的唇上闪过的微笑——有人知道它在哪里出生吗？的确，有个传言，在消逝的秋日里，一轮新月的光线洒向云彩的边缘，微笑就在沾满露珠的晨梦中，迎来了第一次的诞生——从睡梦中婴儿的唇上闪过的微笑。

婴儿的四肢散发着香甜柔软的新鲜气息——有人知道它在哪里隐藏了这么久吗？的确，当妈妈还是一个少女时，它就在她心里了，在温柔的静默的爱的神秘里——婴儿的四肢散发着香甜柔软的新鲜气息。

20.

　　我的孩子，当我给你带来五彩的玩具，我明白为什么云朵中的水汽变幻出许多颜色，为什么花朵会有色泽——我的孩子，当我给你带来彩色的玩具。

　　当我唱歌使你跳舞时，我深切地知道为什么叶片响起音乐，为什么海浪要把合唱传到静听的大地的心头——当我唱歌使你跳舞时。

　　当我把糖果放在你贪婪的手里，我知道为什么花朵会有蜂蜜，为什么水果藏有甜汁——当我把糖果放在你贪婪的手里。

　　当我亲吻你的脸颊让你露出微笑，我的孩子，我真切地明白，晨光从天而降是怎样的喜悦，夏日的清风给我的身体带来怎样的快乐——当我亲吻你的脸颊让你露出微笑。

21.

你是天空，你也是巢穴。

哦，美丽的你，巢穴里，是你的爱，用色彩、声音和气味把灵魂包裹。

清晨到来，她那戴着美丽花环的右手，拎着金色的果篮，静默地为大地加冕。

夜幕降临，越过被牧群丢弃的孤寂草地，穿过车马绝迹的小径，她的金壶里带来西海凉爽的清风。

但在那里，一望无际的天空舒展开来，使灵魂得以自由飞翔，统治着一尘不染的白色光芒。没有白天也没有黑夜，没有形态也没有颜色，而且不曾，不曾有过只言片语。

22.

同样的生命之溪，在我的血管中日夜奔腾，流过世界，应着节拍起舞。

就是这同样的生命，穿透大地的尘土，欢乐地延伸出无数的芳草，生长出如海浪般奔腾的叶片和花朵。

就是这同样的生命，在生死的海洋摇篮里翻滚、起伏。

我感到我的四肢因这生命的世界而变得辉煌，我的骄傲来自时代中跳动的生命，此刻我的血液沸腾。

1862

Maurice Maeterlinck

莫里斯·
梅特林克

幸福的玫瑰既不理睬，也不羡慕，
就在脚边尽情盛开。

Indifferent and not once
envying
The happy roses blooming
underfoot-

—1949

Maurice Maeterlinck

1862—1949

梅特林克，比利时诗人、散文家、象征主义戏剧代表作家，生于比利时根特市一个富贵家庭，其父亲是一个热情的园艺师。梅特林克用法语创作，著有诗集《暖房》、剧作《青鸟》等。

1911 年荣获诺贝尔文学奖，颁奖词为"由于他在文学上多方面的表现，尤其是戏剧作品，不但想象丰富，充满诗意的奇想，有时虽以神话的面貌出现，还是处处充满了深刻的启示。这种启示奇妙地打动了读者的心弦，并且激发了他们的想象"。

他的第一部诗集《暖房》集中探讨了人的内心世界：无聊、孤立、梦想、欲望。诗人取"暖房"二字作为整部诗集的名字，真可谓恰到好处，根特市本身就是花城，每隔五年都会举办一次世界花展，所以那玻璃罩下的暖房在城中随处可见。

本章从《暖房》中选取 16 首，让我们一起慵懒地感受大师的意境之美和无聊之乐。

暖房

森林深处有一间暖房，
房门永远紧闭。类比：
那玻璃穹顶下的一切，
我灵魂下的一切。

想到一位饥饿的公主，
一名困在沙漠的水手，
还有医院窗边响起的欢呼声。

寻找最温暖的角落！
想到一个女子在丰收日晕倒，
车夫冲入医院；
一位士兵经过，他正照料着病人。

在月光下看这一切
（哦，什么都没在位置上）。
想到一个疯女人被押送到法官面前，
一艘战舰在运河上扬帆航行，
夜莺栖息在百合花丛中，

钟声在午夜时分响起
（就在那钟形玻璃罩下），
那天阳光明媚，万里无云，
病人驻足在田野上。

上天啊，请告诉我，这间玻璃房
何时才能迎来雨水、飘雪和微风！

祈祷

当我说出"行动之名"时
请原谅我的犹豫，
因为我的灵魂苍白无力，
被冲刷得透明。

透过她的眼泪和这样的懒散之态
我知道一项任务都没有完成。
这些无助的双手
只会让混乱的事情变得更加复杂。

我望着丁香花的气泡
升起——色彩斑斓的梦！
我的灵魂疲惫地浇灭了月光
使一切变得昏暗。

然而，即使那朦胧的月光遮挡
明日泛黄的百合花，
没有狂欢
只剩我双手哀怨的影子。

暖房乏味

哦，这颗心，永远湛蓝！
即使拥有绝佳的视野，
我慵懒的蓝色[1]梦想，
被月光浸满泪水。

无聊的心，如暖房一般湛蓝，
在不透明玻璃[2]的映衬下，
一切都呈现出蓝色，
水汽爬上月光和白霜。

这仅仅是玻璃所为吗？让人感觉憋闷的蕨类叶片
在夜间无限拉长它们的身影，
如梦一般悄无声息，
笼罩着热情的玫瑰，

---

1. 蓝色在整部诗集中多次出现。在西方文化中，蓝色有忧郁、悲伤之意，且比利时人认为蓝色象征着灾难和不幸。诗人在《暖房》中对人的内心世界展开多样化思考，其实也映射了诗人对自身前程的担忧和不满。
2. 培养花卉的玻璃温室。

水面缓缓上升，
把月亮和天空连成一片，
在无尽的蓝绿色呜咽声中，
如梦一般单调乏味。

诱惑

哦，这看不见的诱惑
藏匿于大脑的暗处
火红的花朵
突然间迸发出响亮的呐喊

月光生病了
夜色中，这些根茎愈发昏暗
但在这个秋天
预兆变得丰富了起来

这令人不适的怀抱
充斥着他们共同谋划的伤害
深绿的地衣，像结了一层霜
让忧愁的月亮加重了病情

满足那秘密的愿望吧
他们亵渎了成长
是多么可悲
就像病人跨越积雪时的痛苦

他们哀伤的魂魄里

有多少伤痕

交融着我对蓝色宝剑的渴望

和对赤热身体的骄傲

上天啊，让大地的梦想

最终在我的心尖枯萎

上天啊，让你的光辉

净化这污浊的玻璃

叶片因高温而凋敝

寻找忘川[1]只是徒劳

那双唇间的繁星

那罪恶的内心

---

1. 忘川（Lēthē），该词源于拉丁文，本意是忘却、遗忘。在希腊神话里是冥王（Haidēs）的一条河流，亡魂喝过此水后会忘记生前的一切。

心灵的枝叶

蓝色的钟形罩下面，
是我倦怠的心境，
被压抑的悲伤，
逐渐得以平息。

"一片森林就是一群象征"：
熟睡的荷花，
柔软的苔藓，慵懒的藤蔓，
生长缓慢的松树，都是我所向往的。

其中，只有那一束百合花，
根茎笔直，娇小而苍白，
宛如沙沙作响的叶片上
升起的一轮明月，

借着那冰冷的月光，
白色的祷文，
洒满了整块玻璃。

滚烫的灵魂

哦，这些阴影开始显现，
我的眼睛落在每一种欲望上，
我的心也被阴影所迷惑——
灵魂里满是污秽！

我平静地思考：
玫瑰的尝试为何失败。
我合上双眼，
不再许下任何誓言。

夜复一夜，我慵懒的双手，
在这些凄凉的花园里
徒劳地摆弄着
那被寄予希望的翠绿色[1]玻璃钟形罩。

我在百合花丛中漫游，
我虚弱的灵魂因恐惧而颤抖。

---

1. 绿色在诗集中频繁出现，有希望之意。

梦境扼住了我的咽喉……

我的心焦灼难耐，黯然失色！

懒散

他们已然忘却，亲吻可以

让冰冷的双眼焕发温暖，让失明的双眸重见光明，

从此，沉迷于自我满足的梦境。

他们呆滞地远眺，像高处草丛中的猎犬，

地平线上有一群灰色的羔羊，

啃食着洒满田野的月光。

又得到天空的爱抚，如他们的命运一般模糊不清。

幸福的玫瑰既不理睬，也不羡慕，

就在脚边尽情盛开。

他们不会明白，这是一片绿意盎然的长久安宁。

疲惫的狩猎

一个严重的问题！
空虚和沉默占据了我的生活，
可以肯定的是，我的灵魂病了，
我的眼睛黯淡无光。

所有的追捕
在记忆的蓝皮鞭下，
所有的狩猎都静止了，
猎犬的秘密愿望
是循着微弱的气味追赶。

潮湿的森林里，这场狩猎开始了——
撒谎的白色牡鹿[1]
被悔恨绊倒：
是那些黄色的箭头！

上天啊，我眼中充满强烈的欲望

---

1. 牡鹿即雄鹿，其头顶有一对角，而雌鹿则没有。

这让人喘不过气的欲望，

是如何用叹息声掩盖这猎人之月

它曾经照亮过我的灵魂。

恳求

我的灵魂感到害怕，像个女人：
上天啊，你看
我的双手化作灵魂的百合花，
我的双眼化作心灵的天空！

请怜悯我的痛苦！
我已经失去手掌和戒指；
请怜悯我的恳求，
就像怜悯水中脆弱的花朵。

请怜悯这些酸痛的嘴唇，
还有我的悔恨；
请你在欢乐的时候播种百合花，
在沼泽地里播种玫瑰。

上天啊！古老鸽群的飞行
把我眼中的天空染黄：
请怜悯这些缠腰布
把我裹挟在蓝色的迹象里！

无聊

白孔雀无精打采地走了，
它们逃离了醒来后的无聊；
但我看见了它们，今天的白孔雀
趁我睡着的时候走了，
白孔雀慵懒地寻找一个太阳照不到的池塘，
我听说无聊的白孔雀
正慵懒地等待着没有阳光的日子。

燃烧的玻璃

透过悔恨的燃烧玻璃，
我注视着逝去的日子，
在蓝色的神秘灰烬中，
奇异的花朵被点燃。

我的欲望穿透玻璃！
我的欲望穿越灵魂！
记忆降临的那刻，
即便是枯草也能迸发出火焰！

我举起玻璃沉思，
看见痛苦的花瓣
在水晶般的迷宫里绽放，
仿佛他们不是昔日的产物……

我看见那些遥远的夜晚，
早已尘封于记忆之中。
他们逐渐回归，
使绿色的希望灵魂变得干涸。

倒影

在升起的梦潮之下，
我的灵魂突然感到不安，
因为我心里的一轮残酷明月
揭露出所有梦开始的地方：

在单调沉闷的芦苇丛之下，
只有棕榈树，百合花，玫瑰
上下颠倒的倒影，
它们在水中哭泣。

天空的倒影里，
片片花瓣凋零，
不断地坠入梦里的镜子，
坠入那明月！

幻象

我看见逝去的亲吻
和所有滑落的泪水；
我看见他们都消失于
我幻灭的梦里。

仿佛在月光下，
花园褪去了色彩，
远处是蓝色的喷泉，
新的百合花已然枯萎。

我无精打采，睡意沉沉，
合上眼皮，却看见
玫瑰花丛中的乌鸦，
晒太阳的病人，还有

那枯燥的朦胧之爱
如苍白的星辰
一动不动地闪烁着
落在我疲惫的灵魂上。

期望

在我的注视下，
我的灵魂牵起她的手，陌生人的手；
上天啊，在你天使般的唇间，
请满足我这些零碎的梦！

疲倦的双眸下，我的灵魂等待着，
她微张着唇祈祷，
又从我的视线里消失——那些是
被蹂躏的百合花：这样的花蕾永远也不会盛开。

我的灵魂在寻找安宁，坠入我的梦里，
她的胸膛在我跟前无须遮拦，
她的眼皮在危险时刻颤动，
被我所有的谎言唤醒。

暖房的灵魂

梦取代了可见的事物，
在明亮的玻璃牢笼里，
我的灵魂感到忧伤。

封闭的玻璃下是温热的百合花，
水面下的荷花饥渴难耐
却无法得到满足！

即便我会遗忘，但仍愿追逐
那巨大的粉色花冠，
这是我的幻想……

哦，看那些枯叶再次变得鲜绿，
月亮那寂静的手指
打开了大门！

意图

上天啊，请怜悯这些忧郁的眼神，
那是希望之魂的藏身处；
请怜悯腐烂的花蕾，
还有夜晚漫长的等待。

精神溪流中的涟漪
摇曳着漂浮的百合花，
慵懒地向前涌动——
哦，当我闭上眼睛，光就会显现！

上天啊，这些藤蔓是什么，
竟缠绕着荷花的根茎？
你天使般颤抖的双手
使梦幻的潮水变得模糊。

什么花在迹象中苏醒，
装饰了这些水波？
天鹅多了起来！我看见：
我的灵魂张开她白色的羽翼！

1864

Erik Axel Karlfeldt

埃里克·阿克塞尔·

卡尔费尔特

这腐烂和无耻的世界，
需要暴风雨的强悍冲洗。

This musty, shameless world of form
Needs the rough cleansing of the storm

—1931

Erik Axel Karlfeld

1864—1931

卡尔费尔特，瑞典诗人，生于农民之家。著有诗集《荒原和爱情之歌》《弗里多林之歌》《弗里多林的乐园》等，作品主题多为青春、爱情、乡土生活。

卡尔费尔特曾担任诺贝尔文学奖评奖委员会成员，正是基于这个原因，他本人拒绝了瑞典文学院多次提名颁发给他的诺贝尔文学奖。直到卡尔费尔特去世6个月后，1931年被授予诺贝尔文学奖，颁奖词为"他在诗作的艺术价值上，从没有人怀疑过"。卡尔费尔特是唯一一位在逝世后获得诺贝尔文学奖的作家。

本章从其诗作中选取15首，让我们跟随他的"夏日舞步"感受田园上的欢乐魔力。

梦和生活

我愿我是一个强壮的人，
可以统治我的王国，让人
在我的城堡周围挖很大的护城河，
没有对手可以击破我的防御。
我愿我能摆上一桌盛宴，
那里，每个饥肠辘辘的人都是我的宾客，
和所有勇敢且快乐的小伙子一起。
那里，总是直截了当地说，
黑就是黑，白就是白，
生活应该得到赞美，直到最后一刻。

我愿我是一个勇敢的人。
哦，命运啊，给我一匹战马和一副马鞍，
一把战士的剑，一场公正的辩论，
还有一个被我征服的敌人！
如果我没有在胜利的那天得到提名，
当军队从战场上返回，
那些在激烈战斗中牺牲的人——
如果我无所畏惧，这是一样的道理。

一个人即便落后，也可以勇往直前；
即便被遗忘，也可以酣睡不醒。

但我不是这些遥远的梦里的人。
没有长矛，我只有文字，
在诗的赛场上，我手持盾牌，
但剩下的日子里，我身着便装。
我愿在太阳亲吻的高地上唱歌，
遗憾我只能守在光线昏暗的家里，
那里，记忆宛若一只啼鸣的夜莺。
街坊邻里也能听到我的欢呼。
当肺里充入空气，嗓音里响起铃声，
一首歌便从山谷中升起。

想象的幸福

在孤寂悲伤的夜晚，
我摆脱了困苦的生活，
向你歌唱，我梦寐以求的妻子，
你是我女王般的宝藏。
我在梦里用飞舞的笔刷
描绘你容光焕发的面庞，
直到那些线条
被幽暗的松树映衬得闪闪发光。

我用亮粉色的蔓越莓
表达了你渴望的嘴唇，
我用红白相间的柔软苔藓
暗示了你的咽喉和胸脯。
从秋天的白桦叶片上
我捕捉到了你的金发，
但你微笑里藏有的那一丝渴望
我从未捕捉到。

你生活在绚丽的光中，

宛若畅游在弦乐王国，
但你喜爱深夜森林的叹息，
还有野外灌木丛的歌喉。
逃离空洞的陈列，它让人难以忍受；
逃离无休止的玩乐，它让人心生厌烦。
你渴望青草，鲜花，
寂静，沉睡，和安宁。

当有一天你的意志如火
疑惑不再将你束缚，
你会在命运的道路上实现自我，
不再重来。
相遇时，我载歌载舞，
我愉快的心跳进它的宝座；
我们融化在热情的问候中，
因为我们的生命融为一体。

在孤寂悲伤的夜晚，
我摆脱了困苦的生活，
我自豪地大喊："你愿意做我的妻子吗？
不要计较多与少！"
你的美丽在那甜美时刻

将为我们的巢穴增添光彩，

因为幸福是你的嫁妆，

你清晨的礼物是剩下的一切。

偏爱

我爱百合脸颊上的玫瑰，
它们在青春的光辉中燃烧；
还有乳白，光滑，柔软的双手，
那里流淌着蓝色的血液。

但我更爱棕色皮肤的农家女孩，
她身材丰腴，又自信勇敢，
她的双手被太阳晒成古铜色，
又被寒风冻得通红。

生活上的打击
不会让她的脸颊感到疼痛，
在最艰苦卓绝的时刻，
她的双手也不会吝惜帮助。

哦，我愿发出暴风雨般的掌声，
把这嘹亮的声响送出，
我在这无声的纸上书写，
致以敬意！

向这双手致敬，儿时便尝到了
为面包而战的喜悦，
你灵巧的双手摆弄着咔嗒作响的织布机
当干草散落，你又拿起了耙子。
总有一天，在婚礼现场，
一个农民会将你紧紧拥入怀里，
你用忠贞的爱和辛勤的劳作
减轻他的负担，
让孩子吮吸母亲的乳汁，
不久之后，孩子将在农民阶级中占有一席之地，
与贪婪和错误做斗争。

等待的时刻

最甜蜜的是等待的时刻，
江河奔涌的时刻，花蕾绽放的时刻。
五月不像四月明朗的正午，
没有如此迷人。
不要让泥泞的小路捉弄你，
潮湿的树木会带给你凉爽，
你将听到叶片沙沙作响。
我不愿沉溺于夏日的欢乐，
请只赐予我
黑松树空地上积雪融化后的叶片，
还有画眉鸟最早的啼鸣。

最美好的是恋人在结婚前
等待订婚的时刻，
春天不像一个秘密的甜点集市，
没有如此迷人。
和她在一起时，总觉得时间不够，
他会梦到野外奇观，
生命对他来说如此之短。

让别人采摘金色的果实吧，
我的双手再也无法触碰，
当树上开满嫩芽，
我早已离开了花园。

春日之歌

黄昏时分，山谷传来杜鹃的啼鸣，
小径上的罂粟花，骄傲地盛开她鲜艳的花瓣。
奔腾的溪流在泡沫中结束了白色的跳跃，
漏斗状的松树欢快地吐露出透明的松脂。
哦，我们的大地多么美好，多么明亮。
湖面波光粼粼，像一双双眼睛，
充满了爱的欢乐魔力！

铃铛的丁零声——你听到了，难道不去寻？
把井中的露水洒在脚踝和脚背上？
鸽子呜咽，是在引诱去往黑暗的洼地？
承认你喜欢野生的浆果吧。
看！你的爱人思念着你。
所有年轻的心都在颤抖
正如歌唱的百灵鸟在迎接春日！

你的眼睛是火焰

你的眼睛是火焰，我的灵魂是焦油和沥青。
请转过身，我会像熔炉一样依旧把你点燃！
我是一把小提琴，拥有所有美妙的弦音；
你可以随意拨弄，让它尽情地为你演奏。

请转过身！——哦不，请转身靠近我！
让我的心冰冻，燃烧。
一半是春天，一半是秋天，我既高兴又满足。
在你面前，我紧绷所有的琴弦；
在这最后一次的狂喜中，有我多年的情火，
那就让它们高歌，疯狂地呐喊！

请转身靠近我！——请转过身，靠近我！
秋天的晚霞让我们相爱。
像红色的横幅一样，让我们迎接狂喜的风暴，
直到平息，目光中送别你离去的身影。
我看到了爱。
在天空变冷之前，你是我最后的青春。

夏日舞蹈

整个漫长的夏日，我都在跳舞，
啊！如此迷人的夏日，
在这片地区
还从未有过这样的舞蹈。

我们俩一起
在黄昏中漫步，
无论间隔多远，
我们都能听到小提琴的歌唱。

聚集在街道或林中空地，
在室内或室外都无所谓，
只要是跳舞
我都不会错过。

那里，我总能感到骄傲。
前往那里时，我的心情多么愉悦，
我从不需要等待
也不会在结束前离开。

哦，我们度过了许多这样快乐的夜晚；

从五月的夜晚到米迦勒节[1]，

整个季节

我竟没见过我的床。

因为每个幸福和悲伤的清晨，

我会从跳舞的地方

径直奔向

田地和挤奶棚。

但无论晴天还是雨天，

我从未停止思念，

我会全心全意投入工作，

忙碌整整一周。

整个漫长的夏日，我都在跳舞，

这是属于我的夏日；

它结束的那天，我就老了，

我的乐趣也就消失了。

---

1. 西方宗教节日，是纪念天使长之一米迦勒的庆日，时间在每年的9月29日。

正确的愤怒

小伙子，用你紧握的拳头击打木板，
像狮子咆哮般直截了当；
小伙子，要像男子汉一样，用质朴的语言讲话，
不要自吹自擂，也不要拐弯抹角！
站在海湾的男人是英俊的，
但逃避战斗的男人是可耻的。
啼哭和埋怨是女人的方式。

在这没有生气的世界，
卑躬屈膝之人为了金钱而谄媚逢迎，
用真诚来调味你所说的言语。
确保你的话公平且真实。
这腐烂和无耻的世界，
需要暴风雨的强悍冲洗，
不冷不热是一种罪过。

一个男人就像刮起的北风，
引领灵魂展开英勇的斗争；
之后，又像温柔的西风，

洋溢着生命的狂喜。

其他男人紧随他的步伐，

而每个孩子和女人在春天都感到安逸，

他的心情恰恰揭示了这一点。

第一次的记忆

驾车远离家乡，
行驶在黑暗和寒冷的荒原上，
有风，凛冽的风。

有人用手抓住我，
把我拉到高空的树上，
有风，凛冽的风。

那里有一间白色的大房子，
伴随着隆隆轰鸣，我们走了进去，
有风，凛冽的风。

椅子上有一个白色的小匣子，
我们走上前，
风声未停，依旧是凛冽的风。

花之歌

你缠坐在我的膝上，如此娇嫩而精美，
一朵苹果花在粗糙的黑树上盛开，
你让我觉得我依旧有力量，
再次啜饮春天的青春汁液。

亲爱的，五月里风的芳香残留在你的嘴角，
还夹杂着蜂蜜和露珠的味道。
你新生的唇不懂得如何撒谎，
你把心中的所有的智慧都倾注在嘹亮的歌声中。

我周围的一切看起来如此美好，
我能忘记生活曾带给我的病痛。
在光亮和欢乐中，整个世界是安稳的：
善是公平的，而美是高尚的、纯粹的。

现在是圣灵降临节[1]，太阳和天堂都在这里，

---

1. 又称五旬节，是犹太教和基督教的宗教节日，为每年复活节后的第50日。

一阵祝福的风吹拂起附近的叶片；
生命之泉向我们升起微颤的花朵，
我们像孩子一样拥它入怀。

像百合花一样

在河水的映射下，
你像百合花一样颤抖着，
我的朋友，你照耀着我，
就像涌动的暗流。
纵然秋天让我感到寒冷，
可惊奇的是，它让我平静地思考
无论走到哪里，
我都会在百合花的光亮下经过。

在河水的暗流中
百合花不再颤抖，
水波也不再重游
百合花栖息的岸边。
对我来说，间隔越遥远，
你的脸庞越清晰，也越可爱。
我陶醉在百合花的香味里——
愿一切安好。

在夜晚祈祷

安宁中，我愿再次
依偎在夜晚凉爽的怀里入眠，
无声的思绪涌上心头，
那是快乐和忧伤赐予我的礼物。

从爱与恨中，
从烈日与寒冷中，一股洪流
将奔涌而出，
用健康的血液抚慰我的心灵。

如雄鹰一般，在白天凶猛猎食，
在夜晚安静栖息，
月光的仁慈和天国的芬芳
将一同降临。

哦，夜晚，为守护你
你的儿子放弃了他的意志。
大海和陆地正在酣睡。
哦，混乱的世界，静下来吧！

小宇宙

我是泥土，迟钝，冷漠，又懒惰，
我饱经风霜，心却永远年轻。
在我灵魂深处，一棵秋天的树沙沙作响，
悲伤地唱起了离别之歌。

我是水，寒冷得像北国的雨，
像我的血管里结冰的眼泪，
当美酒和野味铺满宽大的木板，
我冬季的欢乐便喧闹地倾泻而出。

我也是空气，美好而愉悦，
我走起路来，像在春日里漫步。
在微风的吹拂下，多年来
那被忽视的事物重新焕发生机。

我是火，炎热而饥渴，
这无情的夏日把我灼烧。
我和我的元素在很久之前
为什么没有被这样的光束所毁灭呢？

不安的城堡

我永久地拥有不安的城堡，
它屹立在渴望之谷。
婉转的歌声
从门厅里传来。

这哀怨的溪流，你从哪里来？
你穿过昏暗的走廊开始渗透，
你白天给我唱梦歌，
夜晚打扰我入睡。

那是怎样的灵魂？它的呜咽声
像从美妙的琴弦上迸发的音符，
像四月里的淡淡芳香，
飘过令人心驰神往的田野。

时光稍纵即逝，夏日变得苍白，
繁重的事务令我感到压抑，
但玫瑰枯萎后依旧绽放，
记忆的低语轻抚着我。

哀怨的歌声，

就在梦幻的音符里喃喃低语吧。

我永久地拥有不安的城堡，

它屹立在渴望之谷。

漫长的夏季

水妖[1]的女儿们从芦苇丛潜入水中，
这几周，她们的欲望都被压抑着，
而墙壁上的藤蔓
正点燃着秋天的火焰。

趁暴风雨还没来临，
趁夏季的热情还没被浇灭，
让我们去往茫茫的天国，
感受涌动的红和静谧的蓝。

我们身穿白衣，步履轻盈，
走入太阳巨大的神殿，
无声地迷失在神的火焰中。
那是书本上谱写的诗篇。

在暴风雨肆虐之时，
趁每个文字还没消失，

---

1. 栖息在河、湖里的神灵，可以化身为人和动物的形态。

让我们到激情燃烧的地方去
那里，广阔的大地上镌刻着印记。

迟开的罂粟花高举它的火炬，
用无畏的意志勇敢面对干旱，
我们的心慢慢变得凉爽，
感到夏季仍与我们同在。

在黄昏时刻出来吧！这间丛林客栈
依旧会在今晚奉上一杯茉莉花茶。
这里一切漆黑，但从天国的窗户望去
透过蓝色的百叶窗，瞥见了许多光。

空气的女儿编织着黑色的蕾丝，
雨的女儿编织着白色的丝线。
火的女儿挥舞着火箭，
计划着邪恶的狂欢。

快低头吧！

达摩克利斯之剑[1]马上就会悬在空中，

黑暗中神秘的符号

让国王伯沙撒[2]充满恐惧。

夏季的荣耀像燃烧的火苗，

它燃烧得太快，不久便会熄灭。

生命，终有一死的生命，不会逗留太久，

一个夏季很快就会过去。

---

　　1. 源自古希腊的一个故事，国王狄奥尼修斯为了让他的朋友达摩克利斯体验当国王的感受，便让达摩克利斯坐在王座上。当达摩克利斯抬起头时，他看到头顶上正悬着仅用一根马鬃系着的利剑。达摩克利斯立刻感到恐惧和不安，也意识到国王虽有至高无上的权力，但也承担着巨大的风险。所以，达摩克利斯之剑被用来象征权力的不稳定性和随时降临的危险。

　　2. 伯沙撒是新巴比伦帝国的最后一位国王，有一次，在他举办的宴会上，墙壁上突然显现出一连串神秘的文字，这些文字预示了伯沙撒和新巴比伦帝国衰落的命运，由于伯沙撒亵渎神明，当晚便身死国灭。

1865

Joseph Rudyard Kipling

约瑟夫 · 罗德亚德 ·

吉卜林

哦，丛林之王，你漫步在何处，
天色将晚，树木沙沙作响——

OLords of the Jungle，
wherever you roam，
The woods are astir at the close
the day-

—1936

Joseph Rudyard Kipling

1865—1936

吉卜林，英国作家，生于印度，主要作品有诗集《营房歌谣》、长篇小说《吉姆》等。1907 年，吉卜林被授予诺贝尔文学奖，颁奖词为"这位世界名作家的作品以观察入微、想象独特、气概雄浑、叙述卓越见长"。

吉卜林在创作诗歌时采用了严格的韵律形式，诗歌主题也呈现出多元化的特点，既有对人在面对困境时的鼓励、对军队驻扎的记录、对自然的赞美，也有对艰苦奋斗的人们致敬、对黑暗和苦难的揭露、对生命和死亡的敬畏。

本章从其诗集中选取 15 首，让我们和他同行，拿起锄头与铁锹，挖土，直到身体微微出汗。

恋人的祷告

灰色的眼睛——潮湿的码头，
大雨滂沱，泪水划过脸颊，
在离别的欢呼声中
轮船驶入大海。
歌颂崇高的信仰和希望——
没有什么像你和我一样真实——
歌颂恋人的祷告：
"像我们这样的爱永不消逝！"

黑色的眼睛——震动的龙骨[1]，
周围荡起乳白的泡沫；
在这灿烂的热带夜晚，
舵轮旁传来喃喃细语。
南十字星[2]主宰着南方的天空，
群星璀璨，翩然起舞，
听到恋人的祷告：

---

1. 龙骨是船最重要的承重结构，位于船的底部。
2. 南半球天空中的一个星座，形状像一个十字架，在航海和探险中用来指引方向。

"像我们这样的爱永不消逝！"

棕色的眼睛——尘土飞扬的平原，
被六月的高温割裂与炙烤；
腾空的马蹄和拉紧的缰绳，
心随着古老的音乐起舞。
马儿并排飞翔，
现在让我们看看古老的答复，
关于恋人的祷告：
"像我们这样的爱永不消逝！"

蓝色的眼睛——西姆拉山，
月光像披了一层银霜；
华尔兹舞的恳求声在本莫尔回荡，
令人激动不已。
"梅布尔"，"军官"，"再见"，
诱惑，美酒，巫术——
以我真诚的灵魂发誓，
"像我们这样的爱永不消逝！"

姑娘，你是善良的化身，
同情我悲惨的境遇。

这是我第四次成为丘比特的债务人——

我已破产了四次。

然而，尽管情况糟糕，

姑娘赐予了我恩典，

我愿唱四十四遍

恋人的祷告：

"像我们这样的爱永不消逝！"

横跨大陆的邮件

（徒步送信者）

以印度女皇的名义，让路，
哦，丛林之王，你漫步在何处，
天色将晚，树木沙沙作响——
我们这些异乡人正等待着家里的来信。
让强盗退缩，让老虎逃窜——
以印度女皇的名义，横跨大陆的邮件。

当夜幕降临，铃铛响起，
他转身隐入那条上山的小径——
他扛着包裹，下巴围着一块布，
邮局给的小费别在腰间。
从铁路局得知，"今天开始派送，
每个徒步者，两包横跨大陆的邮件"。

洪水泛滥了吗？那么他必须涉水或游泳前行。
雨水冲毁道路了吗？那么他必须经过悬崖峭壁。

暴风雨喊"停"了吗？对他而言，这又算得了什么？

任何艰难险阻都不能中止这项服务，
只要嘴里还有一口气，他就会坚持到底，
以印度女皇的名义，横跨大陆的邮件。

从芦荟到玫瑰橡树，再从玫瑰橡树到冷杉，
从平地到高原，再从高原到山巅，
从稻田到山脊，再从山脊到陡坡，
脚踩柔软的凉鞋飞奔，褐色的胸脯健壮有力。
从铁路局到沟壑——从山巅到峡谷——
勇往直前，穿过夜色勇往直前，横跨大陆的邮件。

山腰上有个小点，道路上也有个小点——
小径上传来铃铛响——
猴子在栖息处顽皮嬉闹——
世界苏醒了，云彩五光十色。
伟大的太阳也开始欢呼——
"以印度女皇的名义，横跨大陆的邮件！"

赢家

道德是什么？骑士或许知道。
夜深了，小径变得朦胧
患难时刻出现的朋友才是真正的朋友，
只有傻瓜在后面等待落伍之人。
下至地狱，上至王座，
他独自一人，走得最快。

白皙的双手抓紧牢固的缰绳，
马刺[1]从靴后跟滑落，
温柔的声音喊道："转身！"
鲜红的嘴唇令坚硬的剑鞘失去光泽。
崇高的希望在温暖的壁炉旁显得不堪一击——
他独自一人，走得最快。

一个人可能跌倒，但他是自己跌倒的——
那就只能责怪自己。

---

1. 一种较短的尖状物或带刺的轮，连在骑马者的靴后跟上，用来刺激马快跑。

一个人可能获得城中的金子和名誉，
但对他而言，这就是财富。
地上的战利品全部归他所有，
他独自一人，走得最快。

因此，在辛勤劳作时，
你越是得到朋友的帮助和陪伴，
你就越能唱出我谱写的异教歌曲——
劳动是他的，战利品是你的。
在他的帮助下获胜，却又矢口否认——
他独自一人，走得最快。

家畜非常聪明

家畜非常聪明，

他们不会撒谎，

彼此交谈着，

小公牛和他的兄弟们，

结束了劳作，

在牛棚里和邻居们一起休息。

但拿着棍棒和皮鞭的人

破坏了他们的友谊，

冲着他们的耳朵大喊，

使他们的灵魂充满恐惧。

这个人犁完地，

说道："这些家畜会明白我的用意的。"

但牛棚里的家畜，

一起挣脱了枷锁和绳索，

像撕裂的两翼在冒烟，说：

"不，那是皮鞭在讲话。"

吸血鬼

那有一个傻瓜，他在做祷告
（正如你和我！）
对着一块布、一块骨头和一卷头发
（我们称她为一个没人在乎的女人）
但这个傻瓜却把她视为窈窕淑女——
（正如你和我！）

哦，我们浪费的时间和泪水
还有脑力和体力的劳动
竟都属于这个无人知晓的女人
（现在我们知道了，她永远无法明白）
也无法理解！

那有一个傻瓜，他败光自己的钱财
（正如你和我！）
荣誉，信念，和坚定的决心
（而这根本不是这个女人的打算）
但一个傻瓜定会随心所欲
（正如你和我！）

哦，我们失去的辛劳和钱财

还有我们计划的美事

都属于这个不知道原因的女人

（现在我们知道了，她永远无法明白！）

也无法理解！

这个傻瓜被剥去了愚蠢的外皮

（正如你和我！）

当她把他扔到一边时，她可能看到了——

（但女人没有这样做）

所以他的一部分还活着，但他的大部分已经死了——

（正如你和我！）

这不是耻辱，也不是责备

像白热化的烙印一样隐隐作痛——

渐渐明白她永远无法知道原因

（看吧，最后，她永远无法知道原因！）

也无法理解！

双面人

我感激这片广袤的土地——
也感激被哺育的生灵——
但最感激真主安拉[1]，赐予我
不同的思维方式。

阳光下
我思考信仰中的真和善，
但最能引起我思考的是真主阿拉，赐予我
两个，而不是一个思维方式。

韦斯利和凯尔文的追随者，
有白皮肤的，黄皮肤的，或褐色皮肤的，
有俄罗斯人，非洲人，因纽特人，
有大臣，印第安人，佛教徒——

我的兄弟们，无论你们如何祈祷，

---

1. 真主安拉是《古兰经》中宇宙的主宰，被认为是创造宇宙、向人类传播真理的最高统治者。

我都祝愿你们健康，
值得赞美的真主安拉，赐予我
两个不同的思维方式！

我可以不穿衣服和鞋子，
丢掉朋友，香烟，面包，
但一刻也不愿失去
我两个不同的思维方式！

骆驼的驼峰是一个丑陋的肿块

骆驼的驼峰是一个丑陋的肿块，
你可能在动物园见过；
而更丑陋的是，
我们竟无事可做。

无论孩子还是大人，
如果我们无事可做，
就会得到这样的驼峰——
骆驼的驼峰——
这个驼峰遍体鳞伤！

我们从床上爬起，
油光满面，声音沙哑。
踉跄地走向浴室，眉头紧锁，
冲着靴子和摆设发牢骚。

那里应该有一个我的角落，
（我知道那里确有我的容身之地）
当我们得到这样的驼峰——

骆驼的驼峰——
这个驼峰遍体鳞伤！

要想对付这种病，在火堆旁静坐，
或抱着书皱眉可不是办法；
而要拿起锄头和铁锹挖土，
直到身体微微出汗。

然后，你就会发现太阳和清风，
还有花园的精灵，
驼峰消失了——
可怕的驼峰——
这个驼峰遍体鳞伤！

如果我无事可做——
我和你都会得到它！
都会得到驼峰——
孩子和大人也不例外！

我有六个忠实的仆人

我有六个忠心的仆人，
（他们教会了我一切）
他们的名字是"什么""为何""何时"
"如何""何地"以及"何人"。
我派他们跨越大陆和海洋，
前往东方和西方；
而在他们劳作后，
我会让他们好好休息。

我让他们从九点休息到五点，
因为之后会非常忙，
我会用几顿美食招待他们，
因为他们早已饥肠辘辘。
但是人们对此各抒己见。
我认识一个矮小的人——
她有一千万个仆人，
而这些仆人一刻也不能休息！

她一睁眼——
便派她的仆人去干活，
一百万个"如何"，两百万个"何地"，
还有七百万个"为何"!

我从未航行到亚马孙

我从未航行到亚马孙，

也从未抵达过巴西；

但马格达莱纳河[1]，

只要想去就能去！

是的，每周从南安普敦出发，

乳白的泡沫和金色的阳光交相辉映，

巨大的轮船驶向里约热内卢，

（翻滚——朝着里约热内卢翻滚）

在我变老之前，终有那么一天，

我会驶向里约热内卢！

我从未见过美洲豹，

也从未见过犰狳——

哦，穿着盔甲的犰狳，

我想我永远也看不到了，

---

1. 哥伦比亚第一大河，全长 1550 千米，流域面积达 26 万平方千米。

除非我去里约热内卢，
才能看到这些奇观——
翻滚——朝着里约热内卢翻滚——
一定要朝着里约热内卢翻滚！
哦，在我变老之前，终有那么一天
我会驶向里约热内卢！

穿过树林的路

七十年前，

他们关闭了穿过树林的路。

天气和雨水又把它毁坏了，

现在你再也不会知道，

在他们种树之前，

那里曾有一条穿过树林的路。

它就在矮树、石楠

和瘦小的金银花下面。

只有守护者可以看到，

那里，鸽子在孵蛋，

獾在悠闲地打滚，

那里曾有一条穿过树林的路。

但是，如果你在夏日的傍晚

走入树林，

夜晚的空气在鳟鱼环绕的池塘上冷却，

那里，水獭向他的伴侣吹起口哨，

（他们不惧怕树林里的人类，

因为他们很少看见。）

你会听到马蹄声，

还有裙子在露水间发出的沙沙声，

穿过朦胧的孤寂，

稳稳地慢跑，

仿佛他们完全知道，

那条穿过树林，古老而迷失的路……

但是树林里并没有路！

如果

如果你能保持冷静，即便所有人失去理智，

并且责备于你。

如果你能相信自己，即便所有人质疑你，

而你也能原谅他人的质疑。

如果你能耐心等待，并且不会为此感到不安，

即便遭人诓骗，也不以谎言敬之；

即便遭人怨恨，也不以恶意报之。

既不惺惺作态，也不夸夸其谈。

如果你能怀揣梦想——而不让梦想成为你的主宰；

如果你能善于思考——而不让思考成为你的目的；

如果你能在成功之时，不自鸣得意，

在失败之后，也不垂头丧气；

如果你能容忍你的真话

被小人所歪曲用以蒙骗无知之人，

或是看到你苦心经营的事业毁于一旦，

你仍俯下身子，用破旧的工具把它们悉心修好。

如果你能拿出所有的荣誉，

并且愿意把它作为赌注，孤注一掷，

即便失败，你从头再来，

至于损失，你只字未提。

身心俱疲之时，

如果你能驱使自己的心力和精神坚持到底，

即便一无所有，你仍锲而不舍，

唯有意志在高喊："坚持到底！"

如果和布衣交谈，你能保持谦恭之态，

与君主同行，你能不露谄媚之颜，

如果宿敌和挚友都无法伤害你，

如果所有人信任你，又不过分依赖，

如果你能惜时如金，

不浪费每一分钟，

那么，你的修为将如天地般博大，

更重要的是——你将成为一个真正的男子汉，我的儿子！

沙特尔[1]窗户

色彩充盈在音乐的无力之地：
透过每个人的光芒，静默的玻璃暴露出
所有人的投降，每个人的真诚时刻，
以及我们生活中的一切混乱——
用铁淬炼，在黄昏和火焰中描绘，
是谁，在最后，挑战着有序的时间，
又将它引来，快用铁钳修剪，快用楔子固牢，
用冰冷的石头压制欲望。
而所有的脚都踏过人行道——
就像无声的灵魂，隐匿在深谷和高地，
只向她的神祇转身——
色彩不会降临在痛苦的光芒里。
天堂的一束光落在他们身后，
照亮了每个人的梦想。

---

1. 沙特尔教堂，是法国著名的天主教堂，哥特式建筑的代表之一，以其华丽的彩色玻璃窗和装饰雕刻为特色。教堂共装饰有170多扇近3000平方米的彩色玻璃窗，每一扇都堪称完美的艺术品。

我们和他们

父亲，母亲，和我，
姐姐和姑妈都说，
所有像我们一样的人是我们，
其他人则是他们。
他们住在海的那边，
而我们住在路的那边，
但你相信吗？——他们把我们
视作他们的一种！

我们用带牛角柄的刀
吃猪肉和牛肉。
而用叶片大口吃米饭的他们，
却被吓得魂飞魄散；
而那些住在树上的他们，
以蛆虫和黏土为食，
（这难道不可耻吗？）把我们简单地视作
恶心的他们！

我们用枪射鸟，

他们用矛刺狮。

他们全身赤裸，

我们穿戴整齐。

他们喜欢请他们的朋友喝茶，

我们喜欢劝我们的朋友留下。

即便如此，他们把我们视作

完全无知的他们！

我们吃厨房里的食物。

我们有上锁的门。

他们在敞开的茅草房下

喝牛奶或饮鲜血。

我们可以看医生，

他们可以请巫师。

（粗鲁的野蛮人！）他们把我们视作

完全不可能的他们！

所有善良的人都会认同，

所有善良的人都会说，

像我们一样友好的人是我们，

其他人则是他们。

但如果你穿过海的那边，

而不是路的那边，
你最后可能会（想想看！）看到，
我们只是他们的一种！

不合时宜

生活中，人类没有创造什么东西供自己使用
很久之前，它已展现在人类面前
不过是以创造者的名义湮没在时代的洪流里罢了

他因为薪水遭受欺压和羞辱——
又在日常事务中遭受厌恶和轻蔑——
直到生命终结，他都手足无措

更遗憾的是那些智慧的灵魂
在时刻降临之前
他们预见了失去知识和艺术的恶果
避免引起争端
放弃了先进的设备和深奥的治疗

无法阻止
也无法推进
上天降临到人间的时刻
即便把一个世界或一个灵魂作为代价

它的先知早已踏着前人的鲜血走来——
发出了声响

四只脚

我做了大部分人做的事情，
然后把它抛之脑后；
但我无法完全忘却，
有四只脚在身后小跑。

日复一日，从早到晚——
无论我走在哪里——
四只脚说："我与你同去！"
然后跟在身后小跑。

现在我必须通过其他途径离开，
再也找不到——
这样一个地方，那里没有
四只脚在身后小跑的声音。

1865

William Butler Yeats

威廉 · 巴特勒 ·

叶芝

但只有一人爱你灵魂的赤
诚，爱你衰老的脸上蕴
藏的悲伤。

But one man loved the
pilgrim soul in you,
And loved the sorrows
of your changing face

—1939

William Butler Yeat

1865—1939

叶芝，爱尔兰诗人、剧作家、散文家，对超自然现象、宗教、神秘主义感兴趣，并把这些元素融入他的诗歌创作当中。早期作品具有浪漫主义和象征主义色彩，并蕴含了大量爱尔兰的神话传说，如《乌辛漫游记》《玫瑰》《芦间风》。

1910 年，叶芝发表诗集《绿盔及其他》，标志着他的诗歌创作逐渐向现实主义过渡，具体表现为诗歌的语言更加直白，这种写作风格也延续到诗集《责任》当中。1923 年被授予诺贝尔文学奖，颁奖词为"由于他那永远充满着灵感的诗，它们透过高度的艺术形式展现了整个民族的精神"。

本章从上述诗集中选取 25 首，让我们走进诗人温柔可爱的文字，感受爱尔兰的神秘、爱情的浪漫以及生活的真谛。

前往水中的小岛

害羞的人，害羞的人，
我害羞的心上人，
烛火的映照下，
她若有所思地走开了。

她在碗碟旁忙碌，
把它们整齐地摆成一排。
我愿带上她
前往水中的小岛。

她拿着蜡烛，
照亮被窗帘遮挡的房间，
害羞地站在门口
害羞地伫立在阴暗处。

害羞得像只兔子，
既能干又害羞。
我愿带上她
前往水中的小岛。

茵尼斯弗利岛[1]

我要启程，动身前往茵尼斯弗利岛，
那里，我要用泥土和篱笆建造一座小木屋。
那里，我要种九排豌豆，养一窝蜜蜂，
在蜜蜂嗡嗡的林中空地上独居。

那里，我能感到宁静，因为宁静是慢慢地滴落，
从清晨的薄纱滴落到蟋蟀的啼鸣；
那里，午夜闪烁着微光，正午焕发出紫色的光芒，傍
晚飞舞着红雀的翅膀。

我要启程，即刻出发，日夜兼程，
我听到湖水拍岸的低吟；
无论站在路边，还是灰色的人行道上，
我都能在内心深处听见这声音。

---

1. 茵尼斯弗利岛是爱尔兰民间传说中的小岛，寄托了诗人对美好田园
生活的向往。

当你老了

当你老了，两鬓斑白，睡意沉沉，
在炉火旁垂着头，取下这本书，
慢慢阅读，梦见你昔日眼中的柔情，
还有那深深的倒影。

多少人爱慕你光彩照人的时刻，
爱你的美貌，或是真心，或是假意，
但只有一人爱你灵魂的赤诚，
爱你衰老的脸上蕴藏的悲伤。

蹲在火红的壁炉旁，
伤心呢喃，爱情是如何逃走
如何在头顶上的群山间漫步，
如何在群星之中，隐藏起他的脸庞。

白鸟

亲爱的，我愿我们是海涛上的白鸟！
在流星湮灭之前，我们已厌倦了它的星火。
暮色中的蓝色星火低垂地悬在天际，
亲爱的，它唤醒了我们心底的一缕永恒的忧伤。

缀满露珠的百合与玫瑰，他们的梦生出一丝倦意。
啊，亲爱的，不要梦到消逝的流星星火，
不要梦到在露水间徘徊的蓝色星火。
我愿我们变成海涛上的白鸟，在浪花里漫游：我和
你！

无数的岛屿和丹南海滨[1]萦绕于心，
在那里，时间一定会把我们遗忘，悲伤也不再靠近。
很快，我们会远离玫瑰、百合、星火的苦恼，
亲爱的，我们只要做双白鸟，出没在浪花里。

---

1. 爱尔兰传说中的永生仙境。

谁和弗格斯[1]同行？

现在，谁将和弗格斯同行，驾车前去，
穿过茂密繁盛的树林，
在平坦的海滩上翩然起舞？
小伙子，抬起你褐色的眉毛，
姑娘，睁开你温柔的双眸，
满怀希望，别再惴惴不安。

别再逃避，别再忧虑，
爱情的酸涩和神秘。
弗格斯会驯服吵闹的车辆，
茂密繁盛的树林，
昏暗海面上的白色波涛，
还有凌乱慵懒的星辰。

---

1. 爱尔兰神话中的一位国王，为了追逐爱情而放弃王位。

永恒的声音

哦，甜美永恒的声音，没有变化；
前往天堂围栏的守卫处，
让他们遵循你的意志，
火焰下的火焰，直到时间尽头。

你的呼唤经过鸟群和山风，
经过摇曳的树枝和岸边的潮汐，
难道没有听说我们的心已变得苍老？
哦，甜美永恒的声音，没有变化。

心绪

时间一点点地消逝，
像一根燃烧殆尽的蜡烛，
群山和树林
得意扬扬，得意扬扬；
在被火焰点燃的心绪中
何人被击垮了？

走入曙光

疲倦的心，在这破败的年代里，
远离是非的罗网；
蒙眬的曙光中，心再次大笑，
清晨的露珠里，心再次叹息。

虽然你的希望破灭，爱情消失，
在诽谤之舌的火焰中遭受炙烤；
但你的母亲爱尔兰始终年轻，
露珠永远闪耀，曙光永远蒙眬。

心来到层峦叠嶂之上：
因为那里有太阳和月亮，山谷和丛林，
河水和溪流的神秘兄弟情谊，
他们要按照自己的意志运行。

上帝站在那里，吹奏他孤独的号角，
时间和世界不停地转动；
爱情不及蒙眬的曙光温柔，
希望不及清晨的露珠珍贵。

漫游的安格斯[1]之歌

我出门来到榛树林，
因为心头有团火，
砍掉一根榛树的嫩枝，剥去外皮，
用细线钩住一颗浆果；
当白色的飞蛾扑扇着翅膀，
当宛若飞蛾的星辰闪烁，
我把浆果扔进小溪，
钓到一条银色的鳟鱼。

我把它放在地上，
生起明亮的火焰，
地上有什么东西在沙沙作响，
有人在喊我的名字。
鳟鱼变成了一个闪亮的女孩，
头上簪着苹果花，
她呼唤着我的名字跑开，
消失在明朗的天际。

---

1. 凯尔特神话中的爱与青春之神。

虽已年迈，我仍在漫游，

走遍山谷和丘陵，

我定要找到她的踪迹。

亲吻她的嘴唇，抚摸她的双手。

在斑驳的草丛间漫游，

然后一颗颗地采去，

月亮的银苹果，

太阳的金苹果，

直到时间尽头。

女人的心

哦，这间用作祈祷和休息的房间
对我来说是什么呢；
他把我叫到昏暗处，
我们的胸膛紧紧相偎。

哦，母亲的担忧对我来说是什么呢，
我住的房子既安全又温暖；
簪在我发梢的神秘花朵
使我们远离痛苦的风暴。

哦，隐藏起发梢和湿润的双眼，
我不再惧怕生死，
我们的心彼此依靠，
我们的呼吸交织在一起。

老母亲之歌

我在晨曦中起床，跪在地上吹着炉膛，
直到火苗摇曳着发出光亮；
然后我开始擦洗餐具，烘焙食物，打扫房间，
直到群星闪烁，低头窥探；
年轻人在床上久卧不起，酣然入睡，
梦见胸前和额头上的丝带是否相配，
他们整日无所事事，
连微风吹动了枝条，他们都要叹息。
但我必须劳作，因为我老了，
炉膛里的火苗变得微弱，渐渐熄灭了。

给他心上人的一首诗

我用虔诚的双手为你带来
承载着我无数梦想的书籍，
白皮肤女人的热情已经枯竭，
像潮水冲刷着鸽灰色的沙滩，
比号角还老的心
盛满时间苍白的火焰。
有着无数梦想的白皮肤女人，
我为你带来我热情的短诗。

他给心上人的特定韵律

用金簪盘起你的头发，
扎紧每一缕凌乱的发丝；
让我的心谱写这些糟糕的短诗。
它苦心钻研，夜以继日，
用旧时的战斗
谱写出一种凄凉的美。

你只需抬起珍珠般白皙的手，
扎起你的长发，然后轻声叹息；
所有男人的心都会为此疯狂；
烛火般的浪花拍打着朦胧的沙滩，
群星爬上缀满露珠的天空，
只为照亮你的经过。

他讲述十足的美

哦，云彩般洁白的眼睑，梦幻般朦胧的双眸，

诗人整日忙碌

只为在短诗中谱写十足的美

而这却被一个女人的凝视

和天空中安逸的雏鸟所颠覆

当露珠滴入梦里

我的心为此倾倒，直到上帝把时间燃烧

在安逸的群星和你面前

蓬茸的树林

哦，快去那林间的溪水边，
那里，步履轻盈的牡鹿和他的夫人在叹气，
他们只看到了自己的倒影——
但愿除了你和我，没有人曾经相爱过！

或者你曾听说那脚踩银鞋滑行，
肌肤如雪，亭亭玉立的天空女王吗？
当太阳从她金色的风帽中眺望——
哦，除了你和我，没有人曾经相爱过！

哦，快去蓬茸的树林，因为那里
我要赶走所有恋人，然后放声大喊——
哦，我的一份世界，哦，金黄的头发！
除了你和我，没有人曾经相爱过！

饮酒歌

酒水入口，
眼里含满爱意；
在我们衰老和死亡之前，
那是我们理应知道的真理，
我把玻璃杯举到嘴边，
望着你，轻叹。

随时间而来的智慧

叶片虽多，根茎却只有一条；
在我所有虚度的青春岁月里，
我摇曳着阳光下的叶片与花朵；
现在我要在真理中枯萎。

面具

"摘下那金光灿烂
有一双翠绿色眼睛的面具。"
"哦不，亲爱的，你竟如此大胆，
想知道心是否狂野而睿智，
但又不冷若冰霜。"

"我不过想知道那里有何物，
爱或是欺骗。"
"是面具占据着你的思维，
又使你的心躁动不安，
而不是它后面的隐藏之物。"

"但万一你是我的敌人，
我必须盘问。"

"哦不，亲爱的，让一切散去；
只要火焰在你我心中，
这又有什么关系呢？"

这些是云彩

这些是落日的云彩，
君王闭上他闪耀的眼睛。
弱者夺取强者的成果，
直到被高高举起又摔落在地。
争端伴随着和谐，
万物遵循一个规律。
因此，朋友，如果你已功成名就，
这些纷乱便接踵而至，
越是如此，你越要与荣耀共患难，
纵然你的叹息是为了孩子。
但这些是落日的云彩，
君王闭上他闪耀的眼睛。

棕色便士

我低语，"还太年轻"，
接着说，"老大不小了"；
为此，我抛出一枚便士，
由它决定我是否会陷入爱情。
"去爱吧，去爱吧，年轻人，
如果姑娘既年轻又漂亮。"
啊，便士，棕色便士，棕色便士，
我落入了她的发圈。

哦，爱情是个狡猾的东西，
没有人聪明绝顶，
窥探它的一切，
因为他会一直想着爱情，
直到群星消逝，
月亮隐遁。
啊，便士，棕色便士，棕色便士，
人不能太早地陷入爱情。

奔向乐园

当我经过风口，

他们往我帽子里扔半个便士，

因为我正奔向乐园；

我需要做的，只是希望

有人把手伸进盘里。

扔给我一些咸鱼：

那里，国王犹如乞丐。

我的兄弟莫尔廷[1]因教训惹事的人

变得疲惫不堪，

而我正奔向乐园；

糟糕的生活，随他去吧，

他带着一条狗和一把枪，

一位女仆和一位男仆：

那里，国王犹如乞丐。

穷人变成富人，

---

1. 原文为 Mourteen。

富人又变成穷人，
而我正奔向乐园；
许多可爱的机灵鬼，
在校园时光着脚丫，
现在却变得木讷，
都穿起了破旧的袜子：
那里，国王犹如乞丐。

风上了年纪，却仍在玩耍。
我必须加快步伐，
因为我正奔向乐园。
然而，我从未像风一样，
遇到一个志同道合的朋友，
没有人能够买到，也没有人能够阻止：
那里，国王犹如乞丐。

一件大衣

我把歌织成一件大衣，
上面镶满
古老神话的刺绣，
从脚跟到喉咙；
但愚人把它抢走，
穿着它在尘世间炫耀，
就好像，这件大衣由他们缝制。
歌啊，让他们拿去吧，
对积极进取的人而言，
身体赤裸，也能勇往直前。

库勒[1]的野天鹅

树木披上秋天美丽的外衣，
林间的小径变得干燥，
十月的黄昏里，
宁静的天空倒映在水面上；
溢满的湖水漫过石块，
九十五只天鹅在那里嬉戏。

自第一次数天鹅起，
我已迎来了第十九个秋天；
不等我数完，我看到，
所有的天鹅突然聚集起来，
又分散出去，喧嚣地拍打着翅膀，
旋转成巨大而破碎的环形。

望着这些聪颖的天鹅，
我的心里却有一丝酸痛。

---

1. 诗人的朋友格莱葛瑞夫人有一座乡间别墅，即库勒庄园，这里栖息着许多野天鹅，诗人很早以前就来过此地，如今故地重游，有感而发。

一切都变了，同样是黄昏时刻，

那时，我在岸边第一次听到

他们拍打着翅膀，发出像钟鸣般的声响，盘旋在我的

头顶，

那时，我的脚步还很轻盈。

每对伴侣好像都不知疲倦，

他们在冰冷的小溪里戏水，或纵身飞入天空；

他们的心还没有变老，

无论他们游荡在何处，

激情或征服永远相随。

但现在，他们浮在平静的水面上，

神秘而美丽。

有一天，当我醒来，发现他们飞走了，

那时，他们又会在哪片芦苇丛，

湖边，或池塘边筑巢，

愉悦人们的双眼呢？

记忆

这个人有美丽的容貌，
那几个人有迷人的魅力，
但容貌和魅力都是徒劳，
因为山上的青草
在野兔躺过之后
无法恢复原来的模样。

猫和月亮

猫跑过来，跑过去，

月亮像陀螺一样不停地旋转，

月亮的至亲

是这只潜行的猫，抬头。

黑色的米娜卢瑟[1]凝视着月亮，

随心所欲地漫游，哀嚎，

凄冷的月光洒满夜空

令他的兽血沸腾。

米娜卢瑟在草丛中奔跑，

他抬起灵巧的脚。

你会跳舞吗？米娜卢瑟，你会跳舞吗？

当两个家人相遇，

有什么比跳舞更好玩呢？

也许月亮早已厌倦

宫廷气派的风格，

并学会了新的舞蹈。

米娜卢瑟在草丛中潜行

---

1. 原文为Minnaloushe。

从月光照耀的这边跑到那边，

头顶神圣的月亮

已经进入新的月相。

米娜卢瑟知道他的瞳孔

会时不时地变化吗？

从圆形变成新月形，

又从新月形变成圆形。

米娜卢瑟匍匐着穿过草丛，

孤独，骄傲，又聪慧，

他抬起变化的双眼，

望着变化的月亮。

1877

Hermann Hesse

赫尔曼·黑塞

不要垂头丧气，时间总
会到来。

Don't be downcast,
the time will soon come.

—1962

Hermann Hesse

1877—1962

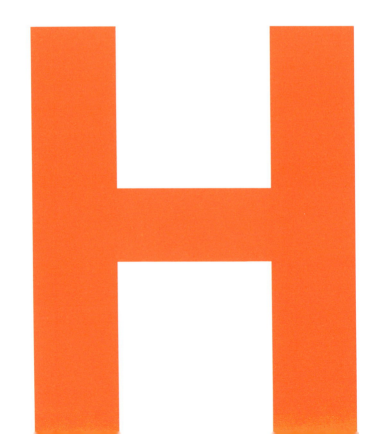

黑塞，德国诗人和作家，著有《彼得·卡门青》《悉达多》《东方之旅》等，被誉为"浪漫派最后一位骑士"。1946年获得诺贝尔文学奖，颁奖词为"他那些灵思盎然的作品——它们一方面具有高度的创意和深刻的洞见，一方面象征古典的人道理想与高尚的风格"。

黑塞的第一部诗集《浪漫主义之歌》记载了他18岁至21岁创作的诗歌，后出版诗集《孤独者之歌》。黑塞的作品主题多以寻求自我、探索人的内心世界、渴望救赎为主，同时，他也强烈谴责给人民带来巨大痛苦的军国主义。

本章从黑塞各个时期的诗集作品中选取18首，我们将看到诗人的孤独、对家乡的思念、对生命和爱情的感慨，以及诗人在面对不幸时依旧保持积极乐观的心态，"不要垂头丧气，时间总会到来"。人生多艰，诗人这份直面痛苦的勇气令人敬佩，对我们而言，这又何尝不是一件幸事！

我知道，你在走

深夜，我经常沿着街道散步，
低着头，不安地加快脚步，
突然间，你悄悄起身，
而我只能用双眼
凝视你所有的悲伤，
你想要的幸福已然幻灭。

我知道，每个深夜，你都走在我身后，
你脚步忸怩，衣衫褴褛，
醉心于金钱世界，多么令人心痛！
你鞋上沾着什么肮脏的东西，想必只有上帝才知道，
风粗鲁地玩弄你的头发——
你走啊走，却找不到家。

穿过田野

穿过云朵飘动的天空，
穿过微风吹拂的田野，
穿过田野，那有一个迷失的孩子在流浪，
那是我母亲的孩子。

穿过叶片飘零的街道，
穿过鸟群啼鸣的树林——
穿过山峦，那远处
一定是我的家乡。

伊丽莎白

我应该给你讲个故事，
夜深了——
迷人的伊丽莎白，
你要捉弄我吗？

我写了一些诗，
和你一样；
我的整个爱情史
是你和这个夜晚。

你不必心烦意乱，
吹走这些诗。
不久你便会听到他们，
听到，但不会懂。

孤寂的夜

你们是我的兄弟
远近都是可怜人，
渴望闪烁的星辰，
幻想着脱离苦海，
你们，步履蹒跚，默不作声
夜间，当苍白的星辰闪烁，
为了一点希望，你们举起瘦削的手，
一边受苦，一边清醒，
可怜的平凡人，
你们这些水手，
生活在暗淡无光的绝望中，
我们有着相同的面庞。
欢迎我的回归。

一群蚊虫

成千上万颗闪亮的微粒，
拥挤在颤抖的圆圈里，
贪婪地前进。
奢靡享乐，举杯痛饮，
一个小时就这样过去了，
他们嘶吼，大笑，呐喊，
在喜悦中，颤抖着迎接死亡。

整个王国，沉入废墟，
谁的宝座，金光闪闪又沉重，顷刻间
散入夜晚和传说，没有留下一丝痕迹，
不承想，竟有如此激烈的舞蹈。

夜晚的山

湖面逐渐平静，
漆黑的沼泽酣然入睡，
在梦中低语。
群山横跨大地，
若隐若现，连绵不绝。
他们没有休息。
他们深深呼吸，
彼此紧紧相拥，
深深呼吸，
满载着无声的力量，
陷入燃烧的激情当中。

夜晚的海

（亚洲之旅：马来群岛）

夜晚，大海拥我入怀，

星辰闪烁，

躺在它翻涌的波浪里，

然后，我把自己完全放空，

远离一切热闹和爱，

安静地站着，只剩呼吸声，

独自一人，独自一人，大海拥我入怀。

那里，躺着成千上万条光束，寒冷而寂静。

然后，我想起了我的朋友，

我们目光交会。

我独自一人，安静地问每一个人：

"你们还是我的朋友吗？

对你来说，我的悲伤是悲伤吗，我的死亡是死亡吗？

你能感受到我的爱，我的痛苦吗？

哪怕只是一个呼吸，只是一声回响。"

大海平和地回望，

静静地笑了：不能。

问候和回答不再从四面八方传来。

致一位中国歌女

夜晚，我们沿着寂静的河流航行，
粉色的合欢树闪闪发亮，
连云彩也焕发出粉色的光芒。
但我却视而不见，
只看到你头上的梅花。

你坐在挂满花环的船头，面露微笑，
灵巧的手里抱着一把琵琶，
你放声高歌，赞颂那神圣的国家，
而你的眼中燃烧着青春的火焰。

我站在桅杆旁，沉默许久，
对我来说，我愿臣服于你那炯炯有神的双眼，
一次又一次，
在幸福的痛苦中，永远聆听你的歌声，
聆听你灵巧的手弹奏出悦耳的曲调。

在途中

——忆克努尔普[1]

不要垂头丧气，夜幕很快就会降临，

那时我们便能看到凄清的月亮

越过朦胧的乡村暗自窃喜，

我们手拉着手休息。

不要垂头丧气，时间总会到来，

那时我们便能好好休息。

我们小小的十字架，

会伫立在明亮的马路边，

下雨了，落雪了，

风儿来了又走了。

---

1. 克努尔普是黑塞于1915年出版的小说《漂泊的灵魂》的主人公，他一生都在漂泊和流浪中度过，而他最终的死亡被认为是给世间带去了对自由和希望的向往。

夜晚

我很喜欢黑夜；
但有时，它会变得异常阴冷，
我的痛苦就会嘲笑自己，
它那可怕的王国令我感到恐惧，
我愿上帝让我瞥一眼阳光，
悠悠白云飘荡在蓝色的天国，
我愿暖洋洋地躺在明亮的白昼里。
然后，我就会梦见夜晚。

命运

在暴怒和茫然面前，
我们表现得像个孩子，
想要决裂和逃离，
却被无足轻重的羞耻感所困住。

时光逝去，
他们痛苦地等待。
没有一条路可以重返
我们的青春花园。

童年

我最遥远的山谷，
你被施了魔法，然后消失不见。
许多次，当我感到悲伤和痛苦，
你从阴影的国度向我招手，
睁开你传奇的眼睛，
直到我迷失在快速的幻想中，
把自己完全交给你。

哦，黑暗的大门，
哦，死亡的黑暗时刻，
过来吧，
这样，我才能从生命的空虚中痊愈，
回家，找到自己的梦想。

躺在草坪上

现在这所有的一切，是花朵瞬间的幻想吗？
明亮的夏日为草坪披上色彩绚丽的华衣，
轻柔的蓝把天国浸染，伴随着蜜蜂的嗡嗡声，
这所有的一切
只是上帝呻吟的梦吗？
无意识的力量呼唤着寻求解脱。
远处连绵的山脉，
美丽而庄严地依偎在蓝天之下，
这也只是一场痉挛吗？
只是大自然躁动的狂野旋律，
只是悲伤，痛苦，毫无意义的探索，
永远得不到休息，得不到美好的祝愿吗？
不！别来打扰我，
你这苦难世界中不纯的梦！
幼虫的舞蹈在夜晚的光亮中哄你入睡，
伴随着鸟儿的啼鸣，
微风吹拂
为我的额头送来凉爽。
别来打扰我，你这古老的人类悲伤，令人无法承受！

你让一切成为疼痛，

让一切成为苦难，成为惨剧——

但不要在这夏日里的甜蜜时刻，

不要在红色丁香花的芬芳里，

也不要在我灵魂深处的

温柔与快乐里。

多么沉重的日子

多么沉重的日子。
没有一团火能够温暖我，
没有一轮太阳和我一起大笑，
一切那么荒凉，
一切那么冷酷无情。
即便我可爱且明亮的星辰
也满脸忧伤地低垂着头，
因为我从内心知道
爱情会消亡。

没有你

夜晚，枕头凝视着我，
如墓碑一般空落落的；
我没有想到
孤独竟如此痛苦，
不能躺在你的发间入睡。

我孤零零地躺在安静的房里，
吊灯变得昏暗，
我轻轻地伸出手，
和你的手放在一起，
轻柔地，把我温暖的嘴贴着你，
亲吻自己，疲惫，虚弱——
我突然醒来，
周围只剩寂静的寒夜。
窗边的星星明亮地闪烁着——
你金黄的头发在哪里？
你甜蜜的嘴唇在哪里？

现在，我在每个快乐时刻啜饮痛苦，

在每杯酒中吞下毒药；

我没有想到，

孤独竟如此痛苦，

孤独，没有你。

第一束花

小溪边，
柳树旁，
这些日子里，
许多黄色的花朵盛开了，
他们眨着金色的眼睛。
我的天真烂漫早已消失不见，但一个记忆
触动了我的内心深处，那清晨的黄金时光，
透过花朵的眼睛灿烂地望着我。
我本想去摘花；
现在，还是让他们伫立在那里吧
一个老人，朝着家的方向走去。

春日

灌木丛中的风和啾啾啼鸣的鸟，
在高空，在最高处的湛蓝的天际遨游。
一艘孤傲的云朵船搁浅了……
我梦到一个金发女人，
我梦到我的青春年华，
高处湛蓝广阔的天国
是我憧憬的摇篮，
那里，我会平静地躺下，
温柔地哼着小曲，
快乐地享受温暖，
就像一个孩子
躺在母亲的怀里。

花朵,也是一样的

花朵，也是一样的，要经历死亡，
然而他们是无辜的。
所以，同样的道理，我们是纯真的，
要经历悲伤，
那是我们自己都不愿明白的地方。
我们所说的恶
已经被太阳吸收，
我们透过花朵纯净的咽喉，芳香，
以及孩子们动人的目光，与它相遇。
花朵会枯萎，
我们也会凋亡，
既是一种解脱，
也是一种重生。

1888

Thomas Stearns Eliot

托马斯·斯特恩斯·

艾略特

是谁剪了狮子的翅膀，
摸了它的屁股，削了它的
指甲？

Who clipped the lion's wings
And flea'd his rump and
pared his claws?

—1965

Thomas Stearns Elio

1888—1965

T

艾略特，英国诗人、剧作家、文学评论家，著有《荒原》《四个四重奏》等，是现代派诗歌代表人物之一。1948年获诺贝尔文学奖，颁奖词为"对于现代诗之先锋性的卓越贡献"。

本章主要从艾略特前期的两部诗集，即《普罗弗洛克和其他观察到的事物》《诗集》中选取6首，加上后期的两首诗歌《空心人》《贤者之旅》，共8首。

诗人善用新奇的比喻和多变的意象为读者带来一场视觉盛宴，这些看似破碎的画面，实则是现代人精神状态的真实再现。艾略特的前期作品侧重于世俗生活，后期则转向宗教领域。让我们跟随一个个新颖奇异的镜头，感受诗人别具一格的幽默风趣。

序曲[1]

I

冬夜降临，
走廊里弥漫着牛排的香味。
六点钟。
白日里残留的烟蒂。
现在，阵雨裹挟着狂风，
卷起你脚边
肮脏的枯叶残片，
和空地上飘来的报纸；
阵雨拍打着
破烂的百叶窗和烟囱帽，
街角处，
一匹拉出租车的马孤独地吐着热气，刨着蹄子。
然后，灯亮了。

---

1. 发表于 1917 年，时逢第一次世界大战，诗中影射了西方文明的衰落和传统价值观的崩塌。

Ⅱ

清晨有了意识，
淡淡的啤酒臭味
从撒满木屑的街道上飘来，
泥泞的双脚挤入清晨的咖啡摊。

随着其他化装舞会[1]的开始
时间仿佛重新倒流，
想起所有的双手
在一千个有家具的房间[2]里
拉起肮脏的窗帘。

Ⅲ

你从床上掀起毛毯，
仰卧着，等待着；

---

1. 暗指人内心空虚，沉溺于享乐。
2. 欧·亨利短篇小说《带家具出租的房间》，讲述了一位年轻人四处租房，希望找到自己的恋人，不幸的是，他的恋人已经不在人世。

你有些困了，望着夜色揭露出
一千张
构成你灵魂的肮脏画面
这些画面在天花板上一闪而过。
当世界复苏，
光线爬上百叶窗，
你听到沟槽里的麻雀叽叽喳喳，
你对街道有这样的看法，
而街道无法明白；
你坐在床边，
卷起头上的纸，
或你用污浊的手
握紧泛黄的脚掌。

IV

他的灵魂横跨天空被紧紧拉扯，
那天空又在城市街道的背后隐没，
或在四点钟、五点钟和六点钟，
被倔强的双脚踩踏；
又短又方的手指把烟袋填满，

晚报和那些眼睛，
对一些事情深信不疑，
那条黑色街道的意识
迫不及待地想要掌控世界。

我被攀附和萦绕着
这些画面的想象所感动：
一些无限温柔的概念，
无限痛苦的事物。
用手擦拭嘴巴，然后放声大笑；
世界在旋转，像古老的女人
在空地上拾取燃料。

带着旅游指南的伯班克与叼着雪茄的布莱斯坦[1]

啦——啦——啦——啦——啦——啦——啦——除了神
没有什么是一成不变的——贡多拉的游船[2]停下了
古老的宫殿屹立在那里，多么迷人的粉色和灰色——
山羊和猿猴也长着这样的毛发！——
伯爵夫人经过，走入公园，那里
她收到一只小匣子，然后离开了

伯班克穿过一座小桥
走入一间酒店
沃鲁派公主[3]也到了
他们在一起，他躺下了

海下深沉的音乐
和传来的钟声向海面飘去

---

1. 伯班克和布莱斯坦是两个人名，二人来到威尼斯旅游。
2. 威尼斯独具风情的水上尖舟。
3. 原文为 Princess Volupine。

慢慢地：赫拉克勒斯[1]离开了他

那个深爱他的神

马儿从伊斯特里亚[2]远道而来

在车轴之下不停地刨蹄

迎接黎明的曙光。她关上百叶窗

任凭船只终日在水面漂浮

但这或这样的状态是布莱斯坦的方式

膝盖弯曲，肘部肌肉下垂

两只手掌外翻

这位芝加哥犹太裔维也纳人

一只无神的凸出的眼睛

从黏湿的眼眶中遥望

卡纳莱托[3]画中的风景

时间尽头的蜡烛快要熄灭了

---

1. 希腊神话中宙斯与阿尔克墨涅之子，神勇无敌，完成十二项英雄事迹，因力大无穷被称为大力神，虽不断受天后赫拉迫害，但终能战胜强敌，转危为安。

2. 欧洲半岛，位于亚得里亚海顶端。

3. 意大利风景画家，擅长描绘威尼斯的风光。

有一次，在里亚托[1]

老鼠在地下打洞

这位犹太人在地下游玩

钱币发了霉。船夫笑了笑

沃鲁派公主患了肺结核

她伸出一只瘦弱的手，上面涂着蓝色甲油

爬向水边的楼梯。点烟，点烟

她在招待费迪南·克莱因[2]先生

是谁剪了狮子的翅膀

摸了它的屁股，削了它的指甲？

伯班克沉思着

时间的毁灭和诺亚七律[3]

---

1. 位于意大利威尼斯，是一个古老的商贸中心。

2. 原文为 Sir Ferdinand Klein。

3. 据说诺亚一家在经历洪灾之后，耶和华给予诺亚子孙七条戒律，体现着上帝与人类的盟约。

斯威尼　艾瑞克[1]

我周围的树木，

让它们干枯吧，让叶片飘落吧；

让岩石不断地汹涌呻吟吧；

我身后，让一切变得荒芜吧。看啊，姑娘们！

给我画一片辽阔荒凉的海岸，

让它依偎着不平静的基克拉迪群岛[2]，

给我画挺拔、形态各异的岩石，

让它面对着汹涌澎湃的大海。

让埃俄罗斯[3]在我头顶上出现，

他会审视猛烈的风暴，

那风暴吹乱阿里阿德涅[4]的头发，

---

1. 原文为 Sweeney Erect，或许参考了音乐剧《理发师陶德》中的恶魔剃刀手 Sweeney Todd 的名字。
2. 爱琴海南部的一个群岛，隶属希腊。
3. 希腊神话中的风神。
4. 希腊神话中克里特王米诺斯的女儿，曾帮助忒修斯走出迷宫，但最终成为酒神狄俄尼索斯的妻子。

又急忙扬起伪造的风帆[1]。

清晨，手和脚都动了起来，
（瑙西卡[2]和波吕斐摩斯[3]）
蒸汽中，红毛猩猩的姿态，
从床单上显露。

这枯萎的毛发根部
在下面分叉，划伤了眼睛，
这个椭圆形的O在牙齿中显得突兀：
那是大腿做着镰刀式的运动。

折叠刀朝上放在膝盖上，
然后从脚跟伸直到臀部，
推着床架，
抓着枕套。

---

1. 在希腊神话中，忒修斯于返回雅典的途中，忘记把船上的黑帆换成
白帆，其父亲看到黑帆后，误以为忒修斯未能平安归来，于是跳崖自尽。
2. 希腊神话中国王阿尔喀诺俄斯的女儿，曾给落难的奥德修斯提供衣
服和食物。
3. 希腊神话中海神波塞冬的儿子，是一个独眼巨人，曾被奥德修斯烫
瞎了眼睛。

斯威尼把全身上下都刮了一遍，
他屁股宽大，从颈背到脚底呈现一片粉色，
他知道女人的性情，
擦净脸上的肥皂泡沫。

（爱默生说，
一个人拉长的影子是历史，
他没有看到
斯威尼在阳光下跨坐的侧影。）

他在腿上测试剃须刀，
一直等到尖叫声慢慢停歇。
床上的人癫痫发作
朝后缩成一团，紧紧地抓着自己。

走廊里的女士们
发现自己卷入其中，感到颜面扫地，
唤来证人为他们的原则做证，
并批评这缺乏品位。

观察到那种歇斯底里，
可能很容易被误会；

196

特纳夫人透露，

这样对房子不好。

但朵丽丝，在浴室擦干身子，

迈着大步走了进来，

手里拿着嗅盐[1]，

还有一杯纯白兰地。

---

1. 由碳酸铵和香料配制而成的药品，可用来减轻昏迷或头痛。

煮鸡蛋[1]

当我三十岁时
已喝尽所有的耻辱……[2]

皮皮特[3]坐在她的椅子上，
离我坐的地方还有一些距离；
牛津大学的景观图书和针织品摆在桌上。

银版照片[4]和侧面的黑影，
那是她的祖父和曾祖母，
一张舞会的邀请函
放在壁炉架上。

我不需要天国里的荣誉，

---

1. 原文为 A Cooking Egg，指鸡蛋已经过了最佳赏味期。

2. 引用法国诗人弗朗索瓦·维庸（François Villon）于1461年创作的长诗《大遗言集》（Le Testament）中的诗句。维庸在整首诗中忏悔了自己一生中的各种罪恶。

3. 可能是一个小女孩儿，或一个老妇人。

4. 用银版摄影法拍的照片，该办法由法国的达盖尔于1839年发明。

因为我会遇到菲利普·锡德尼先生[1]。

同科里奥兰努斯[2]交谈，

以及有这种性情的其他人物。

我不需要天国里的资本

因为我会遇到阿尔弗雷德·蒙德先生[3]。

我们高枕而卧，

因获得国债中百分之五的利息而欢喜。

我不需要天国里的社交，

卢克雷齐娅·波吉亚[4]将是我的新娘；

她的传闻逸事，

比皮皮特的经历更加有趣。

我不需要天国里的皮皮特：

---

1. 原文为 Sir Philip Sidney，是伊丽莎白时期的诗人、朝臣、学者和士兵。

2. 原文为 Coriolanus，是一位骁勇善战的罗马将军，曾带领罗马军队击退沃尔西敌人。

3. 原文为 Sir Alfred Mond，英国实业家和金融家，于 1926 年创办帝国化学工业公司，在成立的第一年，其营业额达 2700 万英镑。

4. 原文为 Lucretia Borgia，意大利文艺复兴时期的贵族女性，曾多次与权贵家族联姻，据说有许多关于她的传闻逸事。

海伦娜·布拉瓦茨基[1]

将在七圣法中给我指点迷津;

皮卡达·多纳蒂[2]也将引领我前行。

但我买的便士世界在哪里?

我要和皮皮特在屏风后吃饭。

以腐肉为食的红眼动物,

正从肯蒂什镇和格德斯绿地[3]上爬来。

老鹰和号角[4]在哪里?

埋葬在白雪皑皑的阿尔卑斯山之下。

越过涂着黄油的烤饼和煎饼,

众人在哭泣,哭泣,

他们走入了一百家A.B.C.[5]茶馆。

---

1. 原文为Madame Blavatsky,俄罗斯作家和神秘主义者,是神智学会创始人之一。

2. 原文为Piccarda de Donati,是但丁《神曲》中住在月亮天堂的一个人物。

3. 英国伦敦的两个地区。

4. 暗指罗马帝国。

5. 全称为Aerated Bread Company,是当时在伦敦的一家廉价茶馆连锁店的名字。

河马[1]

你们读完这封书信，
也让老底嘉教会[2]读。

脊背宽厚的河马，
肚皮紧贴水面，趴在泥沼里休息；
它看起来非常结实，
但也是血肉之躯。

血肉之躯是脆弱的，
承受不住精神上的打击；
但真正的教会从不衰落，
因为它建立在磐石之上。

为了满足物质上的欲望，

---

1. 诗人以讽刺幽默的语言把河马与教会相比较，指出笨重的河马尚能自己猎食，而贪婪的教会只一味地向别人索取，批判教会金玉其外，败絮其中。

2. 《圣经》中约翰受主的旨意给 7 个教会写信，而老底嘉教会是其中的一个教会，该教会自认为十分富足，盲目自信，是 7 个教会里唯一一个受到责备的教会。

河马无力的步伐可能会偏离

但真正的教会从不采取行动

就能获得红利。

河马永远够不到

芒果树上的果子；

但来自海外的石榴和桃子

使教堂焕然一新。

交配时的河马，

发出嘶哑且奇怪的声音，

但每周我们都能听到，

教会与上帝融为一体，欢呼雀跃。

河马的一天

在睡觉中度过，夜晚才是他猎食的时刻。

上帝以神秘的方式运行——

教会可以一边睡觉一边吃饭。

我看见河马展翅飞翔，

从潮湿的热带稀树草原上腾空而起，

唱赞美诗的天使围着他吟唱，

大喊和撒那[1]，歌颂上帝。

羊羔之血[2]将洗净他，
天国的臂膀将拥抱他，
在圣徒中，人们将看到
他在金色的竖琴上弹奏。

他将被所有殉道的贞女所亲吻，
洗得像雪一样洁白。
但真正的教会仍留在下面，
被古老的瘴气所裹挟。

---

1. 赞美上帝的语言。

2. 耶稣被认为是上帝的羔羊，耶稣的血可以洗净世人的罪，使他们得到救赎。

不朽的低语[1]

韦伯斯特[2]被死亡所支配，
看见皮肤下的骷髅；
地下的生物朝后倚着，却没有胸膛
露出微笑，却没有嘴唇。

不是眼球，那是水仙花的球茎，
从眼窝里直勾勾地盯着！
他知道思想缠绕着死去的肢体，
拉紧它的欲望和奢侈。

多恩[3]，我想，是又一位这样的人，
他认为感觉无法被代替，

---

1. 原文为 Whispers of Immortality，参考了英国浪漫主义诗人威廉·华兹华斯（William Wordsworth）《不朽颂》（Ode: Intimations of Immortalit）的标题。

2. 约翰·韦伯斯特（John Webster），詹姆斯一世时期的英国剧作家，著有《白魔》《马尔菲公爵夫人》，这两部作品因恐怖、暴力、血腥而闻名。

3. 约翰·多恩（John Donne），詹姆斯一世时期的英国玄学派诗人，著有《歌与十四行诗》《挽歌》等，他的作品主题多涉及爱情、宗教、死亡，他因在写作中运用复杂的隐喻和奇特的手法而闻名。

去抓住，去握紧，去渗透；
超越经验的专家。

他知道骨髓的痛苦，
骷髅的疟疾；
任何与肉体可能的接触
都无法降低骨头的高温。

格里什金[1]美丽动人：她那俄罗斯般的眼睛
因眼线的衬托而显得深邃；
脱下紧身胸衣，她丰满的乳房
使人沉浸在幸福当中。

半卧的巴西美洲豹，
散发出轻微的猫咪气味，
吓得狨猴四处逃窜；
格里什金有一间小木屋。

外皮光滑的巴西美洲豹
在幽暗的树林里，

---

1. 原文为 Grishkin，是肉体和物质的象征。

无法像格里什金在客厅里一样，
散发出一股强烈的猫咪气味。

即便是抽象的事物[1]，
也环绕在她的魅力周围；
但我们的命运在干枯的肋骨间爬行，
为了保持我们形而上的温暖。

---

1. 原文为 Abstract Entities，暗指抽象的哲学、精神上的信仰。

空心人[1]

库尔兹[2]先生——他死了。

给盖伊[3]一个便士

I

我们是空心人

我们是塞满东西的人

彼此依偎在一起

脑袋里填满稻草。唉！

我们喃喃低语

干涩的嗓音

---

1. 原文为 The Hollow Man，创作于 1925 年，刻画了现代人极度空虚的精神状态。

2. 库尔兹是英籍波兰作家约瑟夫·康拉德（Joseph Conrad）小说《黑暗的心》中的人物。他是一个白人殖民者，疯狂压榨和剥削非洲人民，最终受到良心的折磨而死去。

3. 全名为盖伊·福克斯（Guy Fawkes），曾参与 1605 年火药阴谋案，以失败告终，最终被捕。后来，英国人在每年的 11 月 5 日通过点篝火、放烟花等方式庆祝这一天。

安静而毫无意义
就像风吹过干草
或像老鼠在我们干燥的地窖里
踩到了碎玻璃

没有形状，没有颜色，
没有力气，没有运动；

那些目光直视的人
已经穿越到死亡的另一个国度[1]
如果可以——请记得我们——不是迷失的
暴力灵魂，只是
空心人
塞满东西的人。

Ⅱ

我不敢在梦里遇见的眼睛

---

1. 那些在世间努力生活、勇敢追梦的人，在死后进入死亡的另一个国度并过上永恒的生活，而这恰恰是空心人向往但无法抵达的地方。

在死亡的梦的国度[1]

它们没有出现

那里，眼睛

是断柱上的阳光

那里，一棵树在摇晃

嗓音夹杂在风的歌声里

比一颗消逝的星星

更加遥远，更加庄严

在死亡的梦的国度

让我别再靠近

让我也披上

这样精心的伪装

老鼠的大衣，乌鸦的皮毛，交叉的木棍[2]

在一块田野里

像风一样行动

别再靠近——

在薄暮王国

---

1. 空心人生活的国度，他们无所作为，虽生犹死。
2. 暗指十字架，有受苦之意。

那不是最后的相遇

Ⅲ

这是死亡之地
这是仙人掌之地
这里，石像升起
这里，消逝的星星闪烁
他们接受死人之手的哀求

在死亡的另一个国度
它是这样的吗？
独自醒来
此刻，我们颤抖着
愿用温柔的唇亲吻祈祷
但那祈祷化作了碎石

Ⅳ

眼睛不在这里
这里没有眼睛

210

在这消亡的星星之谷

在这个空心之谷

我们失落的王国，犹如破碎的颚骨

在这最后的相遇之地

我们共同摸索

不再说话

聚集在冥河[1]的沙滩上

什么也看不见

直到眼睛再次出现

像死亡薄暮国度的

永恒之星

多瓣的玫瑰

给空虚之人带来希望

V

我们围着仙人掌走

仙人掌　仙人掌

---

1. 希腊神话中的冥河，即把生者与死者隔开的地方。

我们围着仙人掌走

清晨五点钟[1]

在理想

和现实之间

在动机

和行为之间

阴影降落

因为国度是你的

在概念

和创造之间

在情感

和回应之间

阴影降落

生命非常漫长

在欲望

和痉挛之间

---

1. 模仿英国童谣《我们绕着桑树丛走》（*Here We Go Round the Mulberry*），原作者不详细，被英国童谣收藏家詹姆斯·哈利韦尔·菲利普斯（James Orchard Halliwell）收录到童谣诗集里。

在潜力

和存在之间

在本质

和形成之间

阴影降落

                                    因为国度是你的

因为你拥有

生命是

因为你拥有那

这是世界结束的方式

这是世界结束的方式

这是世界结束的方式

不是一声巨响，而是一声呜咽。

贤者之旅[1]

"寒意来袭，我们迎来了

一年中最糟糕的时刻。

这场旅行，如此漫长的旅行：

道路崎岖，天气恶劣，

冬日死气沉沉。"[2]

骆驼磨伤了，脚掌酸痛，不听使唤，

躺在融化的雪中。

有几次我们感到后悔，

想起夏日斜坡上的宫殿，草坪，

穿着绫罗绸缎的姑娘带来冰冻的果子露。

赶骆驼的人一边咒骂一边抱怨，

跑去追要烈酒和女人。

夜晚的火焰熄灭了，庇护所无处可寻，

城市和小镇都充满敌意，

村庄肮脏不堪且要价颇高：

---

1. 原文为 *Journey of the Magi*，在《圣经》中，Magi 是来自东方的三位贤者，他们要前往伯利恒迎接耶稣的诞生，这首诗讲述了其中一位贤者在旅途中遇到的困难。

2. 借用英国主教兰斯洛特·安德鲁斯于 1622 年圣诞布道的话。

我们迎来了艰难时刻。

最后，我们决定在夜晚继续前行，

断断续续地打个盹，

我们耳朵里有个声音，说，

这真是荒谬绝伦。

天亮了，我们来到一个温暖的山谷，

湿漉漉的雪线之下，弥漫着植物的芳香；

奔腾的小溪和一架水车拍打着黑暗，

低空中有三棵树[1]，

一匹年迈的白马[2]在草场上疾驰。

然后，我们来到一间客栈，门梁上缠绕着葡萄藤[3]，

敞开的门里，六只手为了几块银子掷骰子，

他们的脚踢着空空的酒囊。

但依旧没有消息，我们继续前行

在傍晚抵达，没过多久

便找到了这个地方；它（你可能会说）令人满意。

---

1. 耶稣被钉在十字架上受苦，还有两个盗贼被绑在他两边的十字架上。

2. 《启示录》中的四骑士之一，他头戴皇冠，手持弓箭，骑着一匹白马。

3. 《出埃及记》中，以色列人根据神的旨意杀死家里的一只公羊，把它的血涂在房屋的门框上以躲避死亡。葡萄藤暗示着以色列人是神选中的子民。

这所有的一切发生在遥远的过去，我记得，

我愿意再经历一次，但写下此事，

写下此事：我们这一路走来

是为了诞生还是死亡？当然有诞生[1]，

我们有证据且毫无疑问。我曾见过诞生和死亡，

但认为他们截然不同；这种诞生

对我们来说是折磨和痛苦，就像死亡，我们的死亡。

我们返回原来的地方，这些王国，

但在这里，不再感到安逸，在旧制度下，

一群怪异的人紧抓他们的神。

我应该为另一次死亡而感到高兴。

---

1. 即耶稣的诞生。

1889

Gabriela Mistral

加夫列拉·
米斯特拉尔

宝贝睡着了，这首歌
像一束月光，照亮了我的
心房。

The baby slept again,
and the song washed
like another moonlight
over my full heart.

—1957

Gabriela Mistral

1889—1957

米斯特拉尔，智利诗人，著有诗集《孤寂》《柔情》《塔拉》《葡萄压榨机》。1945年获诺贝尔文学奖，颁奖词为"她那由强烈感情孕育而成的抒情诗，已经使得她的名字成为整个拉丁美洲世界渴求理想的象征"。

米斯特拉尔是联合国儿童基金会的创始人之一，并长期担任智利的文化大使，她把自己的一生奉献给教育事业，曾帮助多个地区和国家改革和发展教育。面对压迫和不公，她敢于为儿童和妇女发声，深受拉丁美洲人民的赞赏和拥戴。

本章主要从《孤寂》和《柔情》中选取25首，让我们一同感受诗人对母爱温柔的歌颂，对自然和儿童的喜爱。

强壮的女人

我记得你的脸庞，在我的日子里留下深刻印象，
穿着蓝色裙子的女人，额头被晒得黝黑，
小时候，我看见你在我的土地上，
在火红的四月里开辟黑色的犁沟。

小酒馆里，那个男人举起破旧的杯子，酩酊大醉，
像孩子一样，依偎在你白色的胸膛；
在记忆的烙印里，
种子从你的手中安静地滑落。

一月，我看见你收割孩子的麦田，
我不解地望着你，
眼里充满泪水和惊叹。

即便到了现在，我仍愿亲吻你脚下的泥土，
因为在上百个都市女人里，我找不到你的面庞，
但我仍会用歌声追逐你劳作的身影。

宝贝孤单一人

致萨拉·哈布尔

我爬山时听到一阵哭声，转过身，
朝路边的农房走去，来到门前。
床上，宝贝温柔的眼睛望着我，
巨大的柔情似烈酒般涌入我的脑海。

他的母亲迟迟未归，还在田间弯腰耕作；
宝贝已经醒来，寻找粉嫩的乳头，
他开始哭泣……我把他抱入怀里，
唱起了摇篮曲。

月亮透过敞开的窗户望着我们。
宝贝睡着了，这首歌
像一束月光，照亮了我的心房。

当焦急的母亲跑入房间，
她一定可以看到我脸上洋溢的幸福，
就让她的宝贝在我的怀里香甜入睡。

致云朵

缥缈的云朵，
薄纱般的云朵，
透过蓝天，
把我的灵魂托举。

它在屋外，
看见我哭泣；
它在墙外，
看见我死去。

漫游的云朵
把我带到海边，
听到潮汐奔涌的歌声，
还有海浪的吟唱。

云朵，鲜花，面庞，
被不忠的时间
勾勒出它黯淡的面容。
如果看不到它，

我的灵魂便会湮灭。

飘过的云朵，
请为我的胸膛
带来凉爽和恩惠。
我张开渴望的双唇。

摇

神圣的海洋
在日光下摇起千层浪。
听可爱的海声，
我摇起我的宝贝。

风，在夜里漫游
摇起层层麦浪。
听可爱的风声，
我摇起我的宝贝。

神父摇起千百个世界，
沉默，温和。
在黑暗中感受他双手的存在，
我摇起我的宝贝。

发现

田地里，
我来到小男孩身边；
他睡着了，
躺在高高的麦田里。

又或是，
我从葡萄园走来，
正寻找葡萄串，
与他的面颊轻擦而过。

而我因此害怕，
倘若我睡着了
他就会像霜一样
从葡萄叶里隐去了。

露珠

这是一朵玫瑰，
它沾满露珠。
这是我的胸膛，
是我的宝贝依偎的胸膛。

她合拢花瓣，
确保露珠安然无恙，
又避开微风，
唯恐露珠滑落。

因为露珠
来自宽广的天国，
所以她必须
屏气凝神。

她的好运
使她沉默，沉默：
所有玫瑰中
它是最美的。

这是一朵玫瑰，

它沾满露珠。

这是我的胸膛，

是我的宝贝依偎的胸膛。

小花苞

我的心房旁，
有朵小花苞，
像一粒大米，
娇小而嫩白。

艳阳高照时，
我帮它遮光。
有朵小花苞，
靠近我心房。

它不断地长啊，长啊，
比我的影子还要长。
像树一样高大，
它的前额像太阳一样明亮。

它不断地长啊，长啊，
爬上我的膝盖，
又奔向马路两旁，
像一条吟唱的小溪……

我把它弄丢了，所以

为了减轻悲伤，我唱起了歌：

"有朵小花苞，

靠近我心房。"

小星星

一颗小星星，
落在我心房，闪闪发着光：
啊，这样的奇迹
怎会发生在我身上。

有一个夜晚，我睡着了，
醒来后发现，
她落在我的辫子上
闪闪发着光。

我喊姐妹们，
跑来我这里：
床上有束光，闪烁变化着，
你们看到了吗？

我把质疑者
喊到门前的庭院里，
看啊，她不是一个宝贝，
用心去感受，她是一颗星星！

我的朋友们，兴奋不已，
涌入我的房间，
有人搂抱她，
有人亲吻她。

日复一日，
摇篮旁似乎
像过节一样热闹，
那里，我的星星闪闪发着光。

这一年，花园里，
没有结霜，
蓄养的家牛没有冻死，
葡萄藤长得旺盛。

女人们都祝福我，
而我用爱作答：
啊，让她睡吧，
我星星般的孩子！

她的身体迸发出光亮，

她的眼睛迸发出光亮，
我望着她热泪盈眶，
因为她属于我，属于我！

编织成圆

我们去哪里编织成圆？
不如去海滩。
大海将在波涛中起舞，
形成一个橘花花环。

不如去平缓的丘陵。
群山将会回答，
仿佛世上的石头
都开始唱歌和跳舞。

或者，我们去森林吧：
各种声音交织在一起，
有孩子的歌声，鸟群的啼鸣，
在微风中相知相遇！

形成圆，无尽的圆，
我们将去森林编织花环，
把它编织到平缓的丘陵上，
还有所有的海滩上。

把你的手给我

给希尔维亚塔索

把你的手给我，把你的爱给我。
把你的手给我，和我一起跳舞。
除了一束花，什么也没有，
一束花就是我们。

跳舞要跟上节拍，
快和我一起哼唱，
除了风中的青草，什么也没有，
风中的青草就是我们。

我是希望，你是玫瑰：
如果没有这些名字，我们将获得自由，
除了山丘上的舞蹈，什么也没有，
山丘上的舞蹈就是我们。

智利的土地

我们在智利的土地上跳舞，
它比瑞秋和拉结[1]更美丽，
这片土地养育了
一个心灵和语言甜美的民族。

最翠绿的土地上有果园，
最美丽的土地上有麦田，
最鲜红的土地上有葡萄园，
对我们的双脚也最温柔！

它的河流汇成了我们的笑声，
它的尘土构成了我们的脸颊。
它亲吻舞者的双脚，
像母亲分娩时发出的呻吟。

因为它的美丽，
我们在田野里跳舞。

---

1. 瑞秋和拉结是《圣经》中雅各的妻子，两人的容貌美丽动人。

因为它的自由，
我们用歌声打湿它的面庞。

明天我们要凿山采石，
照料花草树木。
明天我们要建造城市，
那么今天就让我们跳舞吧！

不跳舞的人

跛脚的女孩说：

我怎样才能成为一个舞者？

我们说：

你可以在心里跳舞。

溪流说：

如果我变得干涸，就不能唱歌了。

我们说：

你可以在心里唱歌。

枯萎凋零的蓟花说：

我不再跳舞了。

我们说：

那就让你的心随风飘扬吧。

天国的神说：

我怎样才能降临呢？

我们说：那就落在周围的光里吧，

和我们一起跳舞。

阳光洒满山谷

一切都在跳舞。

谁没有加入我们，

谁的心灵一定布满尘土。

忧虑

我不愿我的女儿
变成一只燕子，
飞入天国，
再也不能来到我的床上。
她在屋檐下筑巢，
我再也不能为她梳妆。
我不愿我的女儿
变成一只燕子。

我不愿我的女儿
变成一位公主。
如果她脚踩金鞋，
如何在田野里玩耍？
当夜幕降临，
她不能躺在我的身边。
我不愿我的女儿
变成一位公主。

我最不愿我的女儿

有一天变成一位女王！
她坐在高高的宝座上，
我却无法触碰，
当夜幕降临
我不能将她摇晃。
我不愿我的女儿
成为一位女王！

鹦鹉

黄绿相间的鹦鹉，
红绿相间的鹦鹉，
张开恶毒的嘴巴，
用鼻音对我说"丑八怪"。

我不是丑八怪，因为如果我是丑八怪，
我的母亲也是丑八怪。她就像太阳，
她凝视的光线是丑八怪，
风要忍受她的声音，
水要忍受她的身体，
整个世界，还有它的创造者全是丑八怪。

黄绿相间的鹦鹉，
不断变色的鹦鹉，
因为饥饿，喊我"丑八怪"，
我给自己拿来面包和美酒，
因为我讨厌看见它，
总是栖息在那儿，总是不断变色……

讲述世界的人

现身的小孩，
你怎么还没来，等你到这里，
我会告诉你，我们拥有的一切，
你可以拿走你想要的东西。

风

这里经过了什么？又留下了什么？
是风，是风，是空气，是空气！
你无法看到它的嘴巴，
然而，它却温柔地把你亲吻和拥抱。
我们打断它，但它并未停歇。
它把我们带走，
又把我们落在身后，
你这疼痛，治愈，飞舞的风。

水

小家伙，我们在那儿的时候
你好像很怕水啊，
瀑布让你发抖，
那快乐的，无尽的给予者！
她被泡沫般的褴褛遮挡了视野，
一路跌跌撞撞。
这是水啊，水啊，
是她回家路上，出现了圣徒。
她俯身一路狂奔，
又挥舞着泡沫制成的旗帜，
这一刻走近了，
那一刻又跑远了，
她流经田野，
又滋养母亲和孩子……

她孕育两岸的河堤，
饥渴朝她一次又一次地袭来，
奶牛和公牛把她深深啜饮，
但这水，这爱，她一路奔跑。

动物

幼小的野兽徘徊，低吟，
嗅着你的手和脚。
另一个国度，另一片大地，
诞生了动物。
它们像找不到家的孩子，
从梦里经过，看起来有些忧伤。

它们有卷曲的鬃毛和羊毛，
闪闪发光的躯壳，
呈红棕色，或呈条纹、斑点状，
把世界变成了一本画册。
诺亚方舟[1]之子，愿你听到它们的呼唤
在动物王国里跳舞！

---

1. 在《圣经》中，上帝为了惩罚人类，决定用洪水毁灭世界，但选中诺亚一家作为人类的种子保存下来。依据上帝的旨意，诺亚建造了一艘大船，即诺亚方舟，诺亚一家人和各种陆上生物在船上躲避了洪灾。

水果

白色的光束下，
我摊开水果，放在地上。

我把许多巴西的金子
装进柳条编织而成的篮子里。
孩子，看啊，他们从巴西
给我们送来了午休。
当我揭开那绚烂的容颜，
色泽和气味便迎面而来。

你缓慢爬行，对水果穷追不舍，
像是一位逃跑的姑娘——
那是软化的欧楂[1]，
那是坚硬且纹路清晰的菠萝。

一切都散发着巴西岛[2]的气息，

---

　　1. 一种水果，需要放腐才能食，被誉为化腐朽为神奇的果中奇葩。
　　2. 位于爱尔兰西部大西洋上的神秘岛屿，终年被薄雾所笼罩，每七年
有一天可以看见，但无法到达。

大地可以从它的胸膛吮吸乳汁，
如果过于丰盈，
就让大西洋从它的裙摆处溢出吧……

抚摸和亲吻他们，一起玩耍和吮吸，
了解他们不同的外表。
今晚你将梦到
你母亲黝黑的下巴，
黑如煤烟的夜晚像一个篮子，
银河结出的果实，灿若星辰……

250

草莓

草莓，散落在
遮阳的叶片下面，
还没等到采摘，就飘来一股芳香。
还没等到细瞧，就泛起一抹红晕……
你这沾满露珠的草莓，
身上斑斑点点，却不是鸟啄的缘故。

不要碰伤她，
不要碾碎像她一样美好的事物。
出于对她的爱，蹲下来，
感受她的气味，然后亲吻她。

山

孩子，有一天
你会爬上这座山，
像放牧人一样。
现在，我把你扛在肩上。

看，巍峨漆黑的山峰，
像脸色阴沉的女人！
总是独自生活。
然而，山是爱我们的，
呼唤我们前来，
向我们招手……

穿过橡树和榉树
我们爬得更高了。
风在草原上飞舞，
撼动了山脉。
母亲挥起手臂，
拨开荆棘丛……

眺望平原，雾气朦胧
看不到房屋与河流。
但母亲知道攀爬的道路，
离开大地，又安全返回。

云朵像破布一样飘过
模糊了世界。
我们爬得太远，
你感到害怕。
但从高耸的公牛峰顶眺
望
没有人能够走回平原。

太阳，像一只雄鸡，
一下就跳上山脉，
又一下便朝着昏暗的大
地
掷满金子，
一点一点地裸露，
像是为你剥开的橘子。

百灵鸟

它们落入麦田。
我们走近时，有一大群飞走了，
白杨树屹立不动，
像是被老鹰击中了。

它们飞起来的时候，像麦梗间迸发的火花，
又像抛入空中的银子。
在它们经过之前，已经有一群过去了。
快得来不及称赞。

可怜的眼睛不知道，
整群鸟已经振翅高飞，
我们大喊，"百灵鸟！"
随即——歌声——消失了。

它们在空中受伤了，
给我们带来了满满的渴望，
一种震撼，一种惊奇，
一半来自身体，一半来自灵魂。

孩子们，快看——百灵鸟，
它们从麦田里飞了起来！

小脚丫

致伊绍拉·迪纳女士

孩子的小脚丫，
冻得发青，我的上帝，
你看到后，
竟无动于衷！

小脚丫
被鹅卵石碰伤，
又被积雪
和泥土蹂躏。

盲人看不到
你经过的地方，
都会留下
一朵鲜活绚丽的花。

在鲜血滴落之处，
甜美的香草
生长得更加旺盛。

256

就这样吧，
你走在笔直的街道上，
像一位英雄，
完美无瑕。

孩子的小脚丫，
是两颗饱受折磨的宝石，
经过的人
竟视而不见！

大树的赞歌

致何塞·瓦斯孔塞洛斯先生

大树兄弟，你棕色的树根
和大地交织在一起，
对天国强烈的渴望，
令你抬起明亮的额头。

请赐予我对黏土的耐心，
是它哺育我长大，
请让我永远牢记，
我来时的那片蓝色土地。

大树啊，是你让旅行者知道，
你的存在是多么美好，
你凉爽而硕大的树荫，
还有芬芳的光晕。

让我的存在，
舒展在生命的田野里，
让我对一个幸福之人

温柔而热情。

大树是丰富的多产者：
有鲜红的苹果，
有建造的木头，
有芬芳的微风，
有遮阳的树叶；

有柔软的树胶，
有奇妙的树脂，
有茂盛的树枝
有悦耳的歌喉。

让我慷慨地给予，
如此，就能像你一样多产，
让我的内心和思想
变得像世界一样宽广！

我所有的行动
都不曾让我感到疲倦，
伟大的事物
令我永远神采奕奕！

大树啊，你的脉搏
是如此安静，
可世界无尽的燥热
却消耗着我的精力。

让我平静吧，让我平静吧，
像男子一样平静。
希腊的大理石被赋予
神的气息。

大树
像母亲柔软的子宫，
每根枝条都在光束中
孕育着生命之巢。

请赐予我宽大而繁茂的树叶，
来满足人们的需要。
他们在巨大的人类森林里
竟找不到生火的树枝。

大树啊，无论你身在何处，

都永远充满活力，
始终以庇护的姿态
在高处伫立。

让我经历一切，无论
童年，老年，欢乐，悲伤，
以永恒的爱的姿态，
把我的灵魂高高托举。

夜晚

山脉屹立不动。
牛群偏离路线。
太阳回到它的熔炉里。
世上的一切都消失了。

花园逐渐变得模糊不清，
农场已经沉入地下，
我的安第斯山脉
吞噬着来自山顶的尖锐呐喊。

万物倾斜滑落
坠入虚无，
孩子，我们两个，
和他们一起，在夜晚漂流。

1901

Salvatore Quasimodo

萨瓦多尔·夸齐莫多

岛屿是我的家乡，
是平静海面上的那一抹
绿。

Islands that were my home,
green on a moveless sea.

—1968

Salvatore Quasimodo

1901—1968

夸齐莫多，意大利诗人，翻译家，著有诗集《水与土》《消逝的笛音》《厄拉托与阿波罗》《新诗》《日复一日》《生活不是梦》等。1959年被授予诺贝尔文学奖，获奖理由为"由于他的抒情诗，以古典的火焰表达了我们这个时代中，生命的悲剧性体验"。

夸齐莫多是意大利隐逸派诗歌代表人物，其作品内容多关注人的内心世界，强调人内在情感的细腻刻画。其中，对故乡西西里岛的无限留恋和怀念始终贯穿于诗人的作品当中，夸齐莫多以清新隽永的笔触描绘了故乡的一草一木，字里行间流露出诗人内心深处的柔情。

本章从上述诗集中选取22首，让我们开启一场西西里之旅，感受诗人浓浓的赤子之心。

刹那间夜幕降临

在大地的心头，每个人都是孤独的，
一缕阳光落下，
刹那间夜幕降临。

天使们

失去生活中所有的美好，
你珍视梦想；破晓前
让未知的海岸与你相遇，
那里，平静的海水缓缓起伏，
绿树的枝头挤满了天使。

让它无穷无尽，成为永恒，
为你的每个时刻加冕，
青春里的微笑和痛苦，
那里是你秘密寻找
昼夜诞生的地方。

白羊星座

天空慵懒地移动，
季节把自己显现：那是风，
杏仁树，
片片树荫，
空中的云影和麦田的记号。
被压抑的河渠之音，
与美好的时光之音重新结合。

每一处绿都悄然盛开。
幽怨的月桂树结了一层薄冰，
异教神覆盖着静谧的流水；
看，他们从底部的沙砾中升起，
倒挂在天国的梦里。

白日俯首

我被抛弃了，主啊，
在你的白日里，
所有的光线都被上了锁。

没有你，我恐惧地前行，
迷失在爱的旅途里，
没有了恩赐，
忧虑让我不敢坦白，
所以我的希望渺茫。

我爱过你，曾同你并肩作战；
白日俯首，
我从空中收集阴影；
我的血肉之心
万分悲痛。

凉爽的海滨

把我这个人的生命和你相比，
凉爽的海滨，引来鹅卵石和灯光，
随着新一波的海浪，你忘却了
流动的空气曾带来的声响。

如果你唤醒我，我便侧耳倾听，
每一次的停歇，是令我沉醉的天空，
是树的宁静和夜的透明。

夜鸟的庇护所

高处有一棵形态奇异的松树，
聚精会神地聆听深渊的低吟，
树干弯得像一张弓。

夜鸟的庇护所，
在浓郁的夜色中
传来振翅的声音。

我心里也有一处巢穴
悬在暗中，还有一个声音；
它也在黑夜里聆听。

求雨

天空清新的味道，
飘落在绿植上；
初夜的雨。

我倾听你纯真的声音：
耕耘的心从你那里
享受声音和庇护的甜蜜果实；
你鼓励我这沉默的少年，
我惊叹其他生命
和每一种运动
从黑暗的洗礼中复苏。

天国神圣的时刻，
是它的光线，
是洒下的雨珠；

是我们的心，
是大地上
舒展的叶脉。

秋

温柔的秋，

我弯下腰，捧起你的湖水啜饮，

天空倒映在水面，树木和峡谷悄然飞逝。

人生充满艰难险阻，

而我会与你做伴；

在你怀里，我发泄情绪，又自我疗愈。

可怜那些飘落的枯叶，

投入大地的怀抱。

岛屿

我只有你，
我民族的心脏。

我的家乡，对你的热爱，
令我黯然神伤。
夜幕降临，
橘花和夹竹桃花散发着浓郁的芳香，
一股湍流裹挟着玫瑰朝河口奔去，
宛若一片丝绸。

如果我回到你的岸边，
一个甜美而羞怯的声音
从马路上传来，
那是童年还是爱情，我不知道，
对天空的憧憬把我旋转，
随即，我便遁入往昔之中。

把我的日子给我

把我的日子给我；
我要再次寻找
岁月平静的面庞；
那空心的水
再次变得清澈透明；
我为爱自己而悲伤。

我走在你的心上，
漫天的繁星
在这不眠的群岛相遇，
夜晚，这群岛像是我的兄弟。

化石在疲倦的海浪中涌现；
一个秘密轨道弯弯曲曲，
那是我们拥挤的地方，
有岩石和草地。

随着星星和安静变化

如果我的喜悦令你不知所措，
且把它当作阴影的纠缠。
现在，除了安静，
什么也不能
使空气和山峦变幻的面容得到满足，
即便光线绕着无垠的天空旋转，
直到黑暗的尽头。

随着星星和安静变化，
夜晚把我们掷入迅速的诡计当中，
流水侵蚀着每一处河口的石头。

孩子们仍在你的梦里酣睡；
我时不时听到一声号叫
划破天际，令我毛骨悚然；
还有击掌声和一个甜蜜的呼唤，
让我敞开心扉，迎接神秘的事物。

一抹绿

夜晚，凄清的光线，
慵懒的铃声沉寂了。
不要对我说话，爱的声音
已从我这里消逝，时间是我的，
仿佛我还停留在与空气、树林
畅所欲言的岁月里。

倦意从天空
坠落在清澈的湖面，
酣睡的房屋把山脉领入梦乡，
披着雪花的天使飘落在桤木[1]上，
窗玻璃上的星星闪闪发亮，
宛若纸鸢。

那岛屿是一抹绿，
口岸停满帆船，
水手们驰骋大海

---

1. 一种落叶乔木。

划动船桨，拉紧篷索[1]，
这是他们给我留下的战利品：
光滑又雪白，伸手触摸她，
隐约听到河流和岩石
在窃窃私语。

土地依偎着
海洋宽广的胸膛，
躁动的焦虑和其他运动的生命
遁入无垠的苍穹。

拥有你，让我感到敬畏，
所有的眼泪都开出了花朵，
温柔地呼唤着岛屿。

---

1. 系船帆的绳子。

尤利西斯[1]岛

古老的声音停歇了。
我倾听飞逝的回音，
深夜朦胧的意识
遗落在繁星点缀的水中。

尤利西斯岛
从神圣的火光中升起。
缓缓流淌的河面倒映着树木和天空，
月亮照耀着海岸，传来隆隆雷鸣。

亲爱的，蜜蜂给我们带来金子，
还有秘密的变幻时刻。

---

1. 尤利西斯，又作奥德修斯，是希腊神话里伊塔卡岛的国王，在特洛伊战争中巧施木马计获胜。在返乡途中，于海上漂流十年，历经各种艰难险阻，最终与妻儿团聚。

在正确的人类时刻

她躺在光亮深处，微风吹拂，
我可爱的鸽子时刻。
爱是仅存的活物，
你提及溪流、叶片和我，
你的声音抚慰着赤裸的夜晚，
充满热情和喜悦。

美欺骗了我们，
所有的记忆和形式都会消散，
一种怅然若失的感觉油然而生
映射着内心的光芒。

在你的血液深处，
在正确的人类时刻，
我们将无痛苦地重生。

喜鹊黑压压地在橘树上啼笑

也许是生活的真实信号：
孩子们围在我身旁玩耍，
他们摇头晃脑，在教堂旁的草地上
欢快地唱歌，跳舞。
月光的照耀下，夜色是那么柔和，
连草地上的影子也那么美丽动人。
记忆带来片刻的好梦；
但现在，请苏醒吧，快听，那井水
随着第一波潮汐开始咆哮。这个时刻，
不再属于我，只剩下燃烧的、遥远的幻影。
而你，南风，夹杂着浓郁的橘花香味，
把月光洒在男孩赤裸的身上，
他正睡得香甜。
你又把小马驱赶到牧场，
那里有母马湿漉漉的蹄印，
你吹散树上的云朵，使大海变得开阔。
苍鹭正向水面飞去，
悠闲地嗅着荆棘丛中的泥土；
喜鹊黑压压地在橘树上啼笑。

破晓

夜色褪去，月亮
隐入无垠的天宇，
又落入河里。

广袤的平原上，这里的九月
生机盎然，翠绿的草地
犹如南国春日里的山谷。
我和朋友分别，
把我的心埋藏在古老的城墙里
当我忆起你，它仍会孤寂地陪伴你。

与月亮相比，你竟是如此遥远
天已破晓
石板路上传来阵阵清脆的马蹄声

雨和我们同在

雨和我们同在，
撼动寂静的空气。
伦巴第[1]湖边
燕子掠过昏暗的水面，
像海鸥俯冲一样，捕食鱼儿；
菜园篱笆旁，飘来一股干草的香味。

又一年悄然逝去，
没有挽歌，没有哭泣，
有一天终会如愿。

---

1. 位于意大利半岛北部，是意大利的大区之一。

高大的帆船

在我屋旁，有一棵痛苦的树，
鸟儿飞来，摇曳着树叶。
（那是夜间活动的猫头鹰
在树上筑巢栖息。）
我抬头望向月亮，
看见了一艘高大的帆船。

岛边的海水咸咸的；
陆地向远处绵延伸展，
海湾里长着矮小的柠檬树，
镶嵌在岩石上的古老贝壳闪闪发光。

我的孩子在爱人的怀里摇曳，我对爱人说，
你的灵魂里永远有大海的声音：
"我厌倦了这些翅膀
像船桨一样适时地发出声响，
微风裹挟着明月吹拂藤条，
猫头鹰像狗一样长嚎。
离开，我要离开这座小岛。"

她说："亲爱的，太晚了，我们就留下吧。"

然后，我开始细数
大海汹涌澎湃的声音。
一艘高大的帆船
映入眼帘。

月亮和火山的马

给我的女儿。

岛屿是我的家乡，
是平静海面上的那一抹绿。

沙滩上
有枯海藻和海化石，
月亮和火山的马
在那里驰骋。

在崩塌的时间里
树叶和鹤群纵身跃入空中：
万千光束照亮了
星云密布的天宇。

鸽子振翅而飞，
离开孩子们赤裸的肩膀。

这里是大地的尽头：

我用汗水和鲜血
建造了一座监狱。

为了你，
我不得不向强权低头，
我坚硬的心也变得柔软。

即便惹人讥笑，
我仍在光亮中前行，
一个小孩伸出手，
站在树旁和岸边。

那里，采石场滋养着古希腊橘树，
因诸神的婚宴而结出饱满的果实。

冬夜

冬夜再次降临，
村庄的塔楼沉入寂静的黑夜，
薄雾笼罩着河面，
欧洲蕨和荆棘树。哦，伙伴，
你已失去了信心：草原上
不再有我们的容身之地。
你在沉默中哀叹你的土地，
你用尖牙咬住彩色的手帕，
不要吵醒睡在你身旁的男孩，
他双脚赤裸，蜷缩在洞里。
没有人使我们想起我们的母亲，
也没有人给我们讲述一个关于家的梦。

我再次听到海浪的声音

多少个夜晚，我都听到海浪的声音，
海水潮起潮落，温柔地拍打着平缓的沙滩。
我的脑海里飘荡着一个回音，
它来自往昔的岁月。
海鸥阵阵啼鸣：也许是四月亮丽的风景
吸引着塔楼上的鸟儿飞往平原。
曾经，你带着那个声音，离我不过是咫尺之遥；
如今，我多么希望我记忆的回音
去往你的身旁，
就像黑夜中的海洋，轻声低语。

几乎是一首情歌

向日葵朝西弯着腰，
白昼在它的眼里拉上帷幕，
暑气蒸腾，吹动了叶片
和庭院里的烟雾。
云朵和雷鸣声快速隐遁，
天空最后的恶作剧不见了。
亲爱的，我们像回到了过去，
在纳维利奥运河[1]旁，我们被婀娜多姿的树
木环绕。
但白昼依旧属于我们。
太阳仍会带着彩色的光环离开。

我没有回忆，也不愿记得；
回忆来自死亡；
生活没有尽头。每一天都属于我们。
当时光停滞，终有那么一天，你我会永远
结束。

---

1. 位于意大利米兰，是欧洲最古老的运河之一。

在纳维利奥运河旁，我们像孩子一样扑腾着脚丫

望着潺潺流水，

枝条焕发出嫩绿的生机。

有一个人静静走来，

手里不是拿着一把刀，

而是捧着一束天竺葵。

POSTSCRIPT

后记

　　一个匆忙的早晨，钻出地铁口，我在便利店门口遇见了卖花的老妪。她裹着褪色的碎花围裙，将沾着水珠的向日葵轻轻放在最显眼的货架上。老人布满皱纹的手指抚过花瓣时，我忽然意识到，真正的快乐或许就藏在这种看似矛盾的褶皱里。"快乐"在这一刻如此具象。

　　之后，我时常尝试解构"快乐"的固有形态：洗衣机嗡鸣时突然发现的彩虹袜，外卖订单上意外手写的"加油"，以及地铁站口陌生人分享的半块烤红薯……这些碎片最终拼成了一幅温暖的图——在算法统治的时代，人类依然能通过最原始的感官触碰，重建与世界的联结。

当我们谈论快乐抑或不快时，那些被日常生活打磨得圆润的诗句，终将通过某种联结，在某个疲惫的时刻，化作某个人掌心里的温度。

英国诗人约翰·济慈认为诗歌是伟大的，因为它能够透过所要传达的主题而不是表面的文字直击人的灵魂。相较于其他文学体裁，诗歌是奇异而独特的。首先在语言上，诗人擅长用凝练的语言表达丰富的思想，而大量的典故又为诗歌增添了神秘色彩。其次在结构上，诗歌的篇幅长短不一，而诗人在创作时可能会强调节奏和韵律，所以当听到或读到一些诗歌时，我们会发现它们具有强烈的音乐美感。我在查找诺奖诗人的诗篇时，发现他们的很多诗歌作品已有英文译本，中文译本却极少，这一点是非常遗憾的。因为经典的作品一定有其独特的魅力，而我们也应该始终保持谦逊和包容的态度，学习和欣赏那些经典诗歌作品。于是，拙译《可以让你快乐的诗——诺贝尔文学奖作家诗选》便应运而生，它汇集了19世纪至20世纪期间9位诺贝尔文学奖获得者的优秀诗篇。这9位诗人分别是享誉世界的文豪泰戈尔，被誉为"比利时的莎士比亚"的梅特林克，赞美田园生活的卡尔费尔特，热爱旅行和采访的吉卜林，浪漫主义大师叶芝，德国浪漫派最后一个骑士赫尔曼·黑塞，现代主义大师艾略特，歌颂母爱与童真的米斯特拉尔，以及抒发浓浓思乡情的隐逸派诗人夸齐莫多。

在本书收录的诗歌作品中，有一些诗歌的原文为法语、德语、意大利语、西班牙语、瑞典语等，我参考了这些作品对应的英文版。

在我看来，翻译是一种语言符号到另一种语言符号的转化，其本质是不同文化和思想的交流与碰撞。清末新兴启蒙思想家严复提出"信、达、雅"的翻译理论，强调"求其信已大难矣！""信"即译文忠于原文，是意义上的忠实而非形式上的忠实。鲁迅认为"信"和"顺"是翻译时应遵循的两个原则，当二者无法兼顾时，他提出了"宁信而不顺"，即译文可能不通顺，但必须忠于原文。

由此可见，"信"是翻译中最基本的原则。但想要达到"信"却是不容易的，特别是诗歌翻译。其一，任何形式的文学作品都是时代的产物，诗歌是诗人在特定背景下的思考与感悟。这个"特定的背景"既有诗人自己的生活经历，也有当时的社会现实。其二，能否产生文化共鸣是准确理解诗歌的关键。前文提到诗歌中蕴含着大量的典故、希腊神话等文化元素。因此，除借助各种词典工具外，了解诗人的生平记录、作品创作背景以及查阅希腊神话等资料也是诗歌翻译必须做的工作。只有这样，译者才有可能更准确地传达出原意。在此基础上，译者可以根据译入语的文字特点和表达习惯，适当地意译，以把诗歌的神韵和美感更好地呈现出来。

时代在发展，语言文字也在悄无声息地产生着微妙的变化，译者作为连接不同语言和文化的桥梁，应当把优秀的外文诗歌作品呈现给广大读者。翻译永无止境，此次的拙译也绝非完美，但我们可以始终保持一种谦逊的态度，在追求完美的路上不断精益求精。此外，在整个翻译过程中，我得到了很多人的帮助，不论是身边的亲朋好友，还是出版社的各位老师，都给予我莫大的支持和鼓励，让我勇往直前，攻克重重难关，再次向他们致以敬意！

最后，鄙人才疏学浅，书中若有错漏之处，欢迎广大读者指正！

朱梦洁

香港都会大学语言研究与翻译学士，香港教育大学硕士。幼时起热爱文学，创作发表诗歌、小说。已翻译诗歌、小说及法律类作品及影视剧等多部。